古都妖異譚
雷神の落とし物
～サンダー ドロップ～
篠原美季

装画・蓮川 愛
装幀・須貝美華

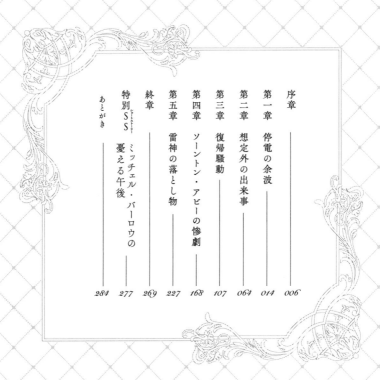

CONTENTS

KOTOYOITAN

RAIZIN NO OTOSHIMONO

~thunder drop~

シモン・ド・ベルジュ
フランス貴族の末裔。実務に優れた美貌の貴公子。ユウリの親友でパリ大学卒業後、母方の一族が経営する会社でCEOとなる。
ユウリ・フォーダム
イギリス貴族の父、日本人の母を両親に持つ。霊や妖精が見えるなど、不思議な力を持っており、そのせいでトラブルに巻き込まれがち。

コリン・アシュレイ
豪商アシュレイ商会の秘蔵っ子。傲岸不遜で博覧強記。とくにオカルトには強く興味を惹かれている。ユウリを召し使い扱いしている。
ミッチェル・バーロウ
ユウリの勤める骨董店・アルカの管理人。オーナーであるアシュレイからは事務的な用件以外でユウリに関わらないようにと言われている。
CHARACTERS
KOTOYOITAN
RAIZIN NO OTOSHIMONO
〜thunder drop〜

序章

明かりを落とした暗い部屋に、「それ以来」と男の言葉が静かに響く。

「ウィリーは、箱の中身がずっと気になっていた。彼の耳には、その中から漏れ出る囁《ささや》き声が聞こえていたんだな」

ハロウィンの夜。

集まった子供たちを前に、この館《やかた》にまつわる恐怖譚《たん》を披露していた男に向かい、聞き手の一人が、ゴクリと唾《つば》を飲み込んで訊《き》いた。

「それで、アーネスト伯父さん、それはどんな囁きだったの？」

すると、アーネストより早く、聞き手の一人である年長の少年が、質問した小さい子の首に手をまわして絞め付けながら答えた。

「血だ！　お前の血をくれ!!」

とたん、みんなが飛びあがって驚き、中には泣き出す子までいる。

父親であるアーネストが、息子をいましめた。

「おい、ブランドン。小さい子供たちを怖がらせるんじゃない」

「えー、でも、『ブラッディ・ウィリー』と言ったら、子供の生き血を求めて徘徊《はいかい》する悪霊だよね？」

語り草となっている伝説は、ブランドンにとって聞き飽きたものである。

アーネストが不服そうに応じる。

「たしかにそうだが……」

そもそも、恐怖譚を披露し始めたのは父親自身で、その目的は、子供たちを怖がらせることにあった。怖がらせ、最後はお定まりの「だから、いい子にしていないと、『ブラッディ・ウィリー』が来てしまうぞ」という台詞《せりふ》で締めくくり、彼らをおとなしくベッドルームに追いやるつもりだったのだが、これでその目的が果たせなくなった。

「仕方ないなあ」

ややあって、アーネストが言う。

「それなら、こんな話はどうだ？」

「なに？」

「『ブラッディ・ウィリー』こと『ウィリアム・マクレガー』が絞首刑になる前、この館のどこかに彼がロンドンで稼いだ財産を隠した」

「財産？」

「うん。『マクレガー家の隠し財産』だ」

「へー、知らない。なにそれ？」

ブランドンが興味を示したのを見て、興に乗ったアーネストが人さし指をあげて訊く。

「みんなは、この家の書斎に、一冊だけ鎖でつながれた本があるのは知っているかい？」

「もちろん、知っているよ」

うなずいたブランドンに対し、親戚《しんせき》や近所の子供たちが首を傾《かし》げる。

「僕は、まだ見たことがない」

「それなら、あとで他の子と一緒に見てくるといいよ。——なんなら、ブランドン、お前が案内してやりなさい。書斎の大きな本棚の前に立派な書見台があって、その上に本が一冊鎖でつながれて置いてあるから。——で、その中に、マクレガー家の莫大《ばくだい》な財産の隠し場所を示すヒントが書かれているんだ」

「へえ」

「すごいね」

「でも、なんで、本が鎖でつながれているんだろう？」

子供の一人の純粋な疑問に対し、別の子供がからかうように言った。

「きっと、鎖でつないでおかないと、夜、暴れるんだよ」

「じゃなきゃ、魔法使いに持っていかれちゃうとか？」

それに対し、ブランドンが「んなわけ、ないだろう」と現実的な突っ込みを入れる。

「単に、我が家にとって大事な本ってだけだよ」

「古い本が大事なの？」

「うんまあ、『貴重な』ってことさ。いわゆる『稀覯本《きこうぼん》』だ」

「『稀覯本』？」

まだその言葉を知らなかった子供が、「『稀覯本』ってなに？」と尋ねた。

「それは、古くて貴重な本っていう意味だけど……」

「古い本が貴重なの？」

「え……」

なんとなく堂々巡りになりそうな気がしたブランドンが、面倒くさくなって言う。

「だから、『隠し財産』の場所が示されているから貴重なんだよ。——そうだよね、お父さん」

父親のアーネストがニヤニヤしながら認める。

「ブランドンの言うとおりだ」

そうしてその場は収まったものの、それがきっかけとなって、アーネスト自身が「たしかに、なぜだろう？」と疑問を抱くようになった。今まで書見台の上に鎖でつながれているのが当たり前だったから考えたこともなかったが、たしかに不思議といえば不思議だ。

（そもそも、あの本――『ウネン・バラムの書』なんてもったいぶった名前からしても意味ありげだけど、表紙や奥付に謎《なぞ》めいた言葉とかも書かれていて、昔から『ブラッディ・ウィリー』の残した秘密が隠されている……とかいわれているんだよな。もしかして、鎖でつながれていることにも、なにか意味があるんだろうか？）

アーネストは小さい頃から冒険が大好きで、この広い家のどこかに秘密の部屋がないか探しまわったものである。ただ、厳格だった父親が、そういう彼の冒険好きに対していい顔をせず、寄宿学校に行く頃にはもう秘密の部屋探しなどをしなくなっていた。

だが、そんな父親も他界した今、彼の冒険好きを止める人間はいない。

（よし。ヒマができたら、この家の歴史を少し調べてみるか……）

アーネストが思っていると――。

ピカッと。

窓の外で稲妻が光り、彼らの視界を白く染め上げた。

続けて、ゴロゴロゴロと重苦しい音がする。

「――びっくりした」

「雷だ」

「今夜は、嵐《あらし》になるのかな？」

言いながら窓のほうを見たアーネストの前で、ふたたび外がピカッと白む。

すると。

「ぎゃ!!」

ブランドンが叫んだ。

「――お父さん、今の見た⁉」

「なにが？」

「あっちの窓の外に誰かが立って、こっちを見ていたんだ」

「なんだって？」

「私も見た」

小さい女の子が、震えながら続ける。

「獣の皮みたいなものをかぶって、目のまわりが黒かった……」

「違うよ。黒縁の丸眼鏡をかけていたんだよ」

より具体的な説明をされ、眉《まゆ》をひそめたアーネストが言い返す。

「そんなわけないだろう。ここは二階なんだから、窓の外に人が立てるわけがない」

それでも念のため、アーネストは窓に近づいて外を見てみるが、暗闇に沈む敷地内に、侵入者の姿を見ることはなかった。

「ほら。誰もいないよ」

「でも、たしかに見たんだ」

「私も」

あくまでも見たと主張する子供たちに対し、別の子供が叫ぶ。

「きっと、『ブラッディ・ウィリー』だよ」

「そうだ。『ブラッディ・ウィリー』が墓から蘇《よみがえ》ったんだ！」

そこで、ようやく当初の目的を果たす時が来たと思い、アーネストが時計を見ながら言った。

「大丈夫。いい子にしていれば、来ないから。——ということで、子供たちは寝る時間だよ」

「えー」

「『えー』じゃなく、『はい』だろう」

「はーい」

そこで仕方なく子供たちはぞろぞろと部屋を出ていったが、その際、ブランドンはチラッと窓のほうを振り返る。

父親が言うように、そこにはもうなにも見えない。

そのことに、ホッとする。

やがて、家人がすべて寝静まり、屋敷全体が眠りに落ちた頃になって、どこからか壁をひっかくような音が響いてきた。

カリカリ
カリカリカリカリ
その不気味な音は鳴りやむことなく、嵐の音に呼応するように一晩中《ひとばんじゅう》聞こえていた。

第一章　停電の余波

1

（あ、遠雷……）

ほどよい室温に調節された「アルカ」の店内で、店番をしながら骨董品《こっとうひん》について書かれた革装丁の古いエッセイ本を読んでいたユウリ・フォーダムは、頭上でゴロゴロと鳴り響いた音につられて顔をあげた。

黒絹を思わせる濡《ぬ》れ羽色《ばいろ》の髪に煙《けぶ》るような漆黒の瞳《ひとみ》。

ほっそりとした首筋からは、匂《にお》い立つように清潔感が漂う。

それもあってか、東洋風な顔立ちは決して飛び抜けて整っているわけでもないのに、全体的にどこか浮き世離れした雰囲気があって、それらすべてが彼をなんとも美しい生き物に仕上げていた。

本を手にしたまま、ユウリが小首を傾《かし》げて思う。

(もしかして、天気が悪くなるのかな?)

先ほど昼食を取りに外に出た時は、秋の心地よい陽射《ひざ》しが街路樹を照らしていた。

それが一転し、嵐《あらし》にでもなりそうな気配だ。

(なんとかもってくれるといいけど……)

今夜は、このところやけに忙しそうだった親友のシモン・ド・ベルジュと久しぶりに夕食をともにできることになっていて、心情としてあまり崩れてほしくない。もちろん、ピクニックに行くわけではないので、雨になったところでなんら問題はなかったし、そうなったらなったで、友人が運転手つきのハイヤーで迎えに来るのは目に見えていて、おそらくタクシーを呼び止める手間すら要らないはずだ。

それでも、腹ごなしに散歩もできるし、せっかくなら晴れたままであってほしい。

遠雷に心をそわそわと落ち着かなくさせたユウリは、どこか浮ついた気持ちのまま読んでいた本に目を戻す。

なにかが起きそうな予感——。

ほどなくしてそんなユウリの頭上でカランとベルが鳴り、交代で昼休憩に出ていたミッチェル・バーロウが、ひんやりとした外気をまとって戻ってきた。

艶《つや》やかな栗色《くりいろ》の髪に光の加減で色の変わるセピアがかった瞳。

レトロ調の三つ揃《みぞろ》いがすらりとした身体《からだ》によく似合う、まさに、「英国紳士」という言葉がピッタリくる品のいい青年だ。

ここは、イギリスの首都ロンドン。

その中心街より少し西にずれたウエストエンドと呼ばれる地区に、彼らのいる「アルカ」はあった。

表向きは骨董店だが、その実、世に「いわくつきのモノ」と呼ばれる厄介な品々を預かったり引き取ったりしている店で、それらは、封印を施されたうえで地下倉庫にしまわれている。

前身は、有能な霊能者として名を馳《は》せた「ミスター・シンの店」であり、賃料その他の問題で彼が引退を決めたあと、ある人物がオーナーに名乗りをあげ、強大な霊能力を持つユウリを店主にすえて裏稼業を存続させたのだ。とはいえ、複雑な事情で新たに発生した賃料の高さに対し、この怪しげな商売における収入が追いつくわけもなく、続けるのはどう考えても愚かさの極みといえた。

だが、そんな酔狂を好んでやるのが、そのオーナーの特質の一つであるのだ。

しかも、ユウリのことをよく知るオーナーは、実務能力に欠ける彼に店を任せるという愚行は避け、その穴を埋めるべく管理人兼骨董商としてミスター・シンの親戚《しんせき》であるミッチェルを雇い入れた。

以来、ユウリとミッチェルはその立ち位置を巡って複雑な距離感を強いられている。

というのも、ミッチェルの場合、大叔父から引き継がれたこの店がふつうの骨董店でないことは薄々わかっているものの、その実態を知らされることなく雇用契約を結ばざるを得なかったからだ。

ご丁寧にも雇用契約書には、「よけいなことに首を突っ込まないこと」や「ユウリに対して過剰な興味を抱かないこと」、「なにがあろうと地下倉庫には立ち入らないこと」など の特殊事項が記され、裏稼業への詮索《せんさく》を完全に封じ込められている。

ユウリとミッチェルの間に越えられない壁があるとすれば、まさにその点だろう。

二人はいわば、「アルカ」の表と裏だ。

骨董店としての表の顔を担うのがミッチェルであるのに対し、その陰で店の本質に関《かか》わるのがユウリなのだ。

もっとも、ミッチェル自身、法外にいい給料や、ロンドンの一等地で自分好みの骨董品を蒐集《しゅうしゅう》し展示できる特権をやすやすと手放す気にはならず、現在の立場に多少の不満はあっても、従うしかないのが実情である。

上着を脱ぎながら、ミッチェルが言う。

「どうやら天気が悪くなりそうだよ」

「やっぱり。——雨に降られなくてよかったですね」

「うん」

うなずいたミッチェルが、続ける。

「それはそうと、フォーダム。君、午後は地下倉庫の整理をすると言っていたのに、ちょっと遅くなってしまって申し訳なかったね。――カフェで知人につかまってしまって、ある程度相手をしないとあとが面倒な奴《やつ》だったから」

「構いませんよ」

本を置いて立ち上がったユウリが、奥を示して尋ねる。

「それより、いつもどおり、コーヒーを淹《い》れますか？」

ふだんは、この流れで二人分のコーヒーを淹れ、それぞれここでの店番と二階の事務室での作業に分かれるため、そう訊《き》いたのだが、上着をコート掛けにかけたミッチェルが小さくかぶりを振って断った。

「カフェでその男と嫌というくらいコーヒーを飲んできたから、今はいいや。でも、君は自分の分を淹れて持っていくといいよ」

いったん地下倉庫に籠《こ》もると、時を忘れて没頭しがちなユウリである。おかげで、夏場など、いつまで経《た》っても戻ってこないユウリに対し、熱中症で倒れてやしないかとひやひやすることもままあった。

複雑な関係性であるとはいえ、身近に接していれば相手の人柄はそれなりにわかってくるもので、二人の間に当初のような警戒心はなくなっている。それにともない、話し方も、年齢的に自然なものへと変化してきた。特に、年下ということで比較的丁寧なしゃべり方を続けているユウリに対し、ミッチェルは二人だけの時にはかなりフランクな言葉を使うようになっていた。

ユウリが、「それなら」と応じる。

「水のペットボトルを持っていきます」

それは、ただの嗜好《しこう》か。それとも、ガラスや陶器類など、割れると凶器になりそうなものを持っておりたくないだけか。意図するところはわからないが、ミッチェルは特に追及することなくユウリを見送ると、ほぼ同じタイミングで電話の着信音が鳴ったスマートフォンを上着のポケットから取り出した。

「……ああ、また計ったかのようなタイミングで」

表示されている名前は彼の近しい友人で、あくせく働かずに済む身分であるのをいいことに、こんなふうに人の勤務時間を無視して連絡をしてくるうえ、ミッチェルが相手をしないと勝手に不機嫌になる子供じみた相手である。

もちろん、どんなに不機嫌になろうと、忙しい時はうっちゃっておくが、幸いというか不幸にもというか、今は店番という、彼の人生でも一、二を争うヒマな時間帯である。もちろん、本来ならその時間を使って展示してある骨董品の手入れをするべきなのだが、ふだんからユウリの掃除の手が行き届いていて――むしろ行き届き過ぎていて、展示品には埃《ほこり》一ついていない。

さらに言えば、日に日に艶が増し、ものが生き生きしてくるくらいで、それは言い換えると新品同様ピッカピカという感じがするため、はたして、それらを「骨董品」と呼んでいいものかどうか、ミッチェルは悩むことすらある。

それでも、制作された年代が古いことは間違いなく、もの本来の輝きを取り戻していると思えば、やはり骨董品でいいのだろう。その証拠に、骨董好きの間では、「アルカ」で扱うものは質がいいと評判になりつつあると聞く。

それを、素直に喜んでいいものかどうか――。

複雑に思いつつ、ミッチェルは電話に出た。

「はい」

『お、出たな。珍しい』

「そんなこと言って、出ないと、君、また会った時に文句を言うだろう」

『バカ言うな。俺はそんな心の狭い人間じゃない』

いちおう商談中に見えるよう、接客用のソファーに優雅に腰を下ろしつつ、ミッチェルは言った。

「そうであってくれたらありがたいけど、まあ、いいや。――それより、用件は？」

『それが、お前、今しがた、ダグラス・パーカーに会ったんだって？』

「そうだけど、……え、よく知っているな」

ミッチェルがパーカーとカフェで別れてから、まだ三十分も経っていない。それなのにもうそのことを知っているとは、いったいどうなっているのか。いくらなんでも、情報がまわるのが早すぎる。

驚きを隠せないミッチェルに対し、ＳＮＳの申し子のような相手は、なんでもないことのように教える。

『奴のブログに、お前の名前が出ていたんだよ。それで、ちょっと気になってね』

「へえ、ブログにねえ」

現代は、まさに情報がオンタイムで飛び交う、その典型といえる出来事だ。だが、露悪趣味ではないミッチェルは、自分のなにげない行動が本人の知らないところで人目にさらされたことにいささかゾッとしてしまう。嫌なものを呑《の》み込んだような後味の悪さが口の中に広がったと言ってもいい。

折しも、近くで雷の音がして、不穏なことこの上ない。

（これからは、立ち話をする相手も選ばないといけないのか……）

実際は立ち話ではなかったが、そう苦々しく思う彼の耳に友人の忠告が響いた。

『まあ、お前のことだから軽はずみなことはしていないと思うが、彼に投資の話をされたりしなかったか？』

「そういえば、していたね。ロンドン郊外にある館《やかた》が売りに出されるとかで、そこを共同で買って幽霊ホテルを経営するようなことを言っていた」

『ハートフォードシャーにあるソーントン・アビー』

ミッチェルが覚えていなかった館の名前を告げて、相手は続けた。

『やっぱり、か。それで、まさか、話に乗ったりしていないだろうな？』

「してないよ。――というか、彼自身が投資したことを興奮して話してくれたけど、僕に投資しろとは一言も言わなかった。それより、幽霊ホテルに改築する際は、館内に飾る骨董品を僕に選んでほしいと浮かれた調子で頼まれたよ」

『ならいいが、うちの親戚にもその投資話に乗った奴がいて、いささか問題になっているんだよ』

「ああ、だろうね」

聞く限り、かなり怪しげな話である。

ミッチェルなら頼まれても即断るが、世の中には彼らのようにホイホイ乗ってしまう人間もいるのだろう。

ミッチェルが確認する。

「でも、君が館の名前を知っているということは、そこが売りに出されることは本当なんだな」

『おそらく。現在の持ち主であるフィッツロイ家は、バックパッカーなどを対象にした格安ホテルを世界展開していたが、この数年で経営が傾き、家財なども、近々、いくつか競売にかけられるという話だから』

「それは、お気の毒に」

そこから世間話に突入し、ヒマに飽かせて電話でのおしゃべりを続けていると、ふいに窓の外がこれまでとは比べ物にならないくらい明るくなり、ほぼ同時にバリバリッと鼓膜を突き破るのではないかというほどの轟音《ごうおん》が鳴り響いた。

「うわっ」

落雷だ。

どうやら、すぐ近くに落ちたらしい。

思った時には、フッと店内の電気が消え、ミッチェルは薄暗がりに取り残される。

「……え、マジか？」

呆然《ぼうぜん》とつぶやいた彼の耳元で、まだ回線がつながったままの相手が言う。

『なんか、すごい音がしたけど、大丈夫か？』

「そうだね。大丈夫といえば大丈夫だけど、大丈夫じゃないといえば大丈夫じゃない。というか、停電した。——ひとまず、切るよ。またあとで連絡する」

そう言って会話を一方的に終わらせると、スマートフォンを持ったまま立ち上がり、懐中電灯をつけて簡単に店内の被害状況を確認する。路面店であるから停電したところでかろうじて自然光が店内を照らすものの、やはりかなりものの様子が見えづらい状態だ。

「よかった。別に異常はない」

一通り見渡してホッとしたミッチェルが、そこでハッとしたように振り返り、店の奥にある黒い扉へと視線をやる。

「そうだ、フォーダム」

地下倉庫の造りはまったく知らないが、急な停電で彼はどうしているだろう。一階とは違い、地下は、停電すれば真っ暗闇のはずである。

せめてスマートフォンを持っていってくれていればいいのだが、そう思って電話をかけたら、事務机のところで着信音が鳴り出した。

舌打ちして電話を切ったミッチェルが、奥の扉に光を当てて考え込む。

(おそらく、フォーダムは今、暗闇にいるはずだな。——手が届くところに、懐中電灯はあるのか?)

考えたところで、ミッチェルにわかるわけがない。

(う〜ん。地下倉庫への立ち入りは、契約で禁止されているけど、今は、どう考えても非常事態だよな。これで万が一、フォーダムがケガでもしていたら、命に係わる可能性だっ

てあるわけで、クビになるのを恐れて様子を見に行かないというのは、人としてどうかって話だろう）

逆に言えば、「緊急事態」を盾に、堂々と禁断の地下倉庫におりていくまたとない機会が訪れたということだ。

もっとも、禁を犯した挙げ句、ユウリに何事もなかった場合、雇用主がミッチェルの行動をどうとらえるかはわかりきっていて、どうしても、若干の迷いは生じる。目の前で実際にケガをしているのを見れば、行動も迅速になるが、今はあくまでも想像の域を出ていないわけで、思い込みで突っ走れば、バカを見るのはミッチェルだ。

なにせ、この手の人情がまったく通じないオーナーである。

（……まったく、年下のくせに）

傲岸不遜《ごうがんふそん》で傍若無人な雇用主の顔を思い浮かべつつ、ミッチェルは悩んだ。

これは一か八《ばち》かの賭《か》けである。

暗がりの中で身動きが取れないでいるはずのユウリ。それに対し、停電の復旧がいつになるかは、今のところまったくわからない。

そして言ったように、これは千載一遇のチャンスだ。

（さて、どうする？）

考えている間、黒い扉はピタリと閉ざされたまま動かず、まるで入る人間を拒むかのようにミッチェルの前に立ちはだかっていた。

2

それより少し前。

水のペットボトルを持って地下倉庫におりていったユウリは、そこですぐに奇妙な音がしていることに気がついた。

カリカリ
カリカリカリカリ
爪《つめ》で木の板をひっかくような、そんな音である。

(……なんの音だろう?)

もっとも、それがなんであれ、眠っているはずの「いわくつきのモノ」が目覚めた印であるのは間違いなく、ある意味、騒動の前兆と言えなくもない。ここは、そういう場所である。だから、大きな被害を出さないためにも、定期的な見回りが必要であり、早いうちに違和感の正体を見つけ出して封印をし直せば、それですむことも多いのだ。

電気を点《つ》けてあたりを見まわしたユウリは、慎重に音の正体を求めて歩いていく。

実際、「倉庫」と呼ぶには少々異質な場所だった。

まず、おりてくる時の階段が想像以上に長く感じられ、時々ユウリは、自分が「不思議の国のアリス」になった気分になる。穴を落ちているわけではないが、一歩ごとに時間が歪《ゆが》んでいくような、そんな奇妙な感覚に陥るのだ。

さらに、おり切ったところにある扉を開けて中に入ると、目の前に、驚くほど広い洞窟《どうくつ》が広がる。

つまり、「倉庫」とは言っても、人工的に造られたわけではなく、岩盤がむき出しになった自然の要塞《ようさい》を倉庫代わりに使っている。そのため、ところどころ、大昔に鑿《のみ》かなにかで穿《うが》ったような壁龕《へきがん》があるなど、おそらく、かつては地下神殿として使われていたに違いない痕跡《こんせき》が随所に残されていた。ロンドンやパリのように歴史の古いヨーロッパの都市の地下には、時おり、このような地下空間が見つかる。

その地下神殿のような場所に、現代風の棚が並び、そこに段ボール箱がこれでもかというほど置いてあった。

段ボール箱に収まりきらない大きさのものは、台の上に置かれてシーツをかけられたりしているが、中にはむき出しのまま置かれた彫像や櫃《ひつ》、石棺などもあり、それらがただの置物か「いわくつきのモノ」なのかは、素人目にはまったくわからない。ただ、たとえば天使の彫像の前を通る際、ユウリは深々とお辞儀をしたし、狛犬《こまいぬ》のような置物のそばを通る時は、その頭を撫《な》でながら「やあ、元気そうだね」と声をかけていくので、おそらく、それらにもなにがしかの魂が宿っていると考えていいのだろう。

そうしていくつかの棚を巡回した結果、ユウリはある場所で止まり、棚の上部を見あげた。

爪で木の板をひっかくような音は、どうやらそのあたりから聞こえてくるようだ。

そこで、備え付けの梯子《はしご》を移動させてのぼったユウリは、白手袋をした手で慎重に一つ一つ段ボール箱を持ち上げ、耳に当てては音の出どころを確認する。

一つ目は違い、二つ目もハズレ。

だが、三つ目の段ボール箱を持ち上げたところで、ユウリは確信する。

(これだ――)

そこで、慎重に段ボール箱の蓋《ふた》を開き、中から封印の施された木箱を取り出した。

添付の覚え書きには「ジャガーの爪」と書かれていて、取《と》り憑《つ》いている霊の正体は不明だが危険度はかなり高く、「獰猛《どうもう》」とか「子供の生贄《いけにえ》を要求」など、なんともおどろおどろしい文句が並んでいる。

つまり、決して封印を解いてはいけないものであるということだ。

それが、今、なんとかして外に出ようとしている。

(どういうことだろう……)

ユウリは、木箱を持ったまま考える。

影響の出方が悪いからといって、単純に危険と考えるのは、この際、無意味だ。

目覚めるにはそれなりの理由があり、たんに周期的なものなら、再度封印をし直すだけだが、もし昇華のタイミングが来たのなら、封印とは別にそれ相応のやり方を探る必要があるからだ。ちなみに、ミスター・シンにはできなかったその「昇華」という作業が、ユウリに代替わりしたことでできるようになった。

肝心なのは、その見極めだ。

煙るような漆黒の瞳を翳《かげ》らせたユウリは、預けられた経緯など、別途パソコンに入力されているはずの詳しい情報を調べに行くため、いったんその木箱を段ボール箱に入れてもとの位置に戻そうとした。

だが、次の瞬間。

ガタガタッと。

中でなにかが暴れたため、ユウリは危うく木箱ごと落としそうになる。

慌てて宙でつかみ直してホッとしたのも束《つか》の間《ま》、頭上で轟音が鳴り響くと同時に、あたりが瞬間的に真っ白に染まり、衝撃波がユウリを襲った。

爆発——。

そんな言葉が浮かぶような風圧を受け、ユウリの身体が吹っ飛ぶ。そのまま宙を飛んで隣の棚にぶつかり、床に激突した。

その間、ものの一秒もなかっただろう。

さらに、ユウリがぶつかった衝撃で隣の棚が傾《かたむ》き、置いてあったものが散乱する。

ただ、その棚が、何度か前後に大きく揺れたあと、ユウリがいるのとは反対側に倒れてくれたのは、不幸中の幸いであった。しかも、その際、一度はユウリのほうに大きく傾いたのだが、まるでなにかに押し返されたかのようにいったん停止し、ゆっくりと反対側に倒れていった。

もしその瞬間を見ている人間がいたら、あまりに動きが不自然過ぎて、ちょっと不審に思ったかもしれない。

だが、ここには誰もいないため、このあと第三者が目にするのは結果だけだ。――唇から血を流して倒れているユウリと、そのそばに転がる木箱。その木箱は、今や封印が焼け焦げてなくなり、蓋が開いて中身が地面に転がり出ていた。

なにかの爪だ。

獰猛な肉食獣の爪を思わせる、鋭い爪である。

すぐに、落雷のせいで停電し、あたりは真っ暗闇に包まれた。

と――。

しばらくして、その闇の中を、なにかがゆっくりと動き出す気配がした。さらに、それを受けて、闇の中に囁き声が響く。

――やだもう、あの子、大丈夫かしら？
――なんか、すごい衝撃だったけど
――私たちも驚いたくらい
――神の雷が大地を突き破って落ちてきたわね
――というか、あれは一種の落とし物よ
――まあ、とっさに、あの子の上に棚が倒れるのだけは防げたけど
――あっちは駄目ね。動き出しちゃった
――それに比べて、あの子、起きないわよ
――厄介ねえ
――ええ、今回は本当に厄介よ
――これまでと違って、助力はできない
――そうね。なにせ、アレは……

やがて囁き声が消え、入れ替わるように入り口のほうで懐中電灯の光が揺れた。それに続いて、ミッチェルの心配そうな声がする。
「おーい、フォーダム。無事かい？　無事なら、返事をしてくれ。――頼むから、フォー

ダム、どこにいるか教えてくれ」

しだいにその声が焦りを帯び、強く大きくなっていく。

「フォーダム、どこだ？　どこにいる？　声が出せないなら、なんでもいいから音を出して知らせるんだ。——なあ、フォーダム⁉　フォーダム‼」

だが、それに応《こた》える声はなく、あたりはしんと静まり返っていた。

3

同じ頃。

アルカから少し離れたコヴェント・ガーデンのフードコートでは、一人の青年が落ち着きなくあたりを見まわしていた。

待ち人、来たらずといったところか。

角張った顔にすすけた金髪。体格もよく、ロンドンの街中というよりは、むしろニューヨークのヤンキー・スタジアムなどにいるほうが場に溶け込みそうだ。

彼の名前は、アダム・フィッツロイ。

見た目はアメリカ人っぽいが、イギリスで生まれ、西南部にある全寮制パブリックスクール、セント・ラファエロで青春時代を過ごした。

本日は、その頃の同期生と待ち合わせをしているのだが、正直、在校中も寮《ハウス》が違ったためほとんど話したことはなかったし、まして卒業後は赤の他人といえる関係性を保っていたため、彼の中の緊張はとてつもない。

ただ、アダムのことを相手が知らなくても、アダムは相手のことをよく知っていた。

世の中には二種類の人間がいて、一つは、何事か為《な》すために波瀾万丈《はらんばんじょう》な人生を送るタイプで、もう一つは、いたって平穏な生活だが、最終的に何事も為さないタイプだ。

アダムは明らかに後者に属する。

今が幸せなら、それでいい。

それ以上を望んで苦労するのは、真っ平御免だ。

それに対し、待ち合わせ相手は明らかに前者に属する人間で、しかも荒れ狂う海を飄々《ひょうひょう》と渡っていくだけの才知を持ち合わせていた。

在学中に一度、雨の中をその同期生とすれ違ったことがあって、彼の存在に気を取られたアダムは持っていた携帯電話を落としてしまった。それを、水たまりに落ちる寸前、驚くべき瞬発力でキャッチして投げ返してくれたのだ。——より正確には、軽く蹴《け》り上げてキャッチして投げ返した。ただ、その動きがあまりに速すぎて、一瞬、静止したままの同期生が魔法を使って落とした携帯電話を投げてよこしたかのように見えた。

（あれはすごすぎて、人間業とは思えなかった……）

そんな同期生に憧《あこが》れていた生徒は数知れず、アダムも間違いなく彼の信奉者の一人であった。きっとあの瞬間、アダムは恋に落ちていたのだろう。もちろん、プラトニックという意味ではあったが——。

ただ、当時からなんとか彼に近づこうと躍起になっていた連中とは違い、アダムは遠くから見つめるだけで満足だった。というより、近づけたら嬉《うれ》しいが、その分、気苦労も多そうだと思っていた。

平穏なら、今以上を望まない。

それは、「推し」に対する行動にもよく表れていた。

その同期生と、ひょんなことから会合する機会が訪れたのだ。アダムにしてみたら、夢のような話である。

(でも、本当に来るんだろうか?)

約束の時間は、とっくに過ぎている。昔からその同期生の気まぐれは有名で、翻弄《ほんろう》される人間はたくさんいた。それだというのに、熱狂的な信者があとを絶たないのだから、なんだかんだ、すごいとしか言いようがない。

(うーん。これは、やっぱりからかわれただけなのかな?)

でなければ、彼の成りすましにでも騙《だま》されたか。

(コリン・アシュレイ……)

なかば諦《あきら》めかけたアダムが、胸の内で相手の名前をつぶやいた時だ。

トンッとテーブルの上に紙コップのコーヒーが置かれ、同時に目の前の席に一人の男がストンと腰をおろした。

長身痩軀《そうく》。

長めの青黒髪を首の後ろで緩く結わえ、底光りする青灰色の瞳で、びっくりしているアダムの顔を冷ややかに見つめている。

「――うわ、アシュレイ」

驚いたアダムが名前を呼び、続けて思いのたけをぶちまけた。

「びっくりした。てっきりすっぽかされたと思っていたから」

それに対し、アシュレイは片眉《かたまゆ》をあげただけで、遅刻に対する詫《わ》びの一言もない。

傲岸不遜。

傍若無人。

そんな昔から言われている彼の人物評も、相変わらず健在ということのようである。

落ちた沈黙を埋めるように、アダムが言葉を重ねた。

「あ、えっと、僕のことはわかる？　アダム・フィッツロイだけど」

とたん、青灰色の瞳を眇《すが》めたアシュレイが、「俺が」とようやく口を開いた。

「見ず知らずの人間と前情報もなく約束をするほど、間抜けに見えるか？」

「まさか」

慌てて否定し、アダムは言い返す。頬《ほお》が少し上気しているのは、嬉しさの表れだ。

「だけど、そうか。覚えていてくれたなんて、感激だよ。在校中もほとんど話したことはなかったのに」

「悪いが、覚えてはいなかった。連絡をもらって思い出しただけだ」

「……ああ、まあ、そうだよね」

浮かれたところを突き落とされ、落胆しつつも気を取り直してアダムは言った。

「でも、思い出してくれただけでありがたいよ。――それで、アシュレイ、君のほうはどうしてたんだい？」

ありきたりな会話のつもりだったが、アシュレイはつまらなそうに短く応じた。

「別に。見てのとおり生きていた」

それから、「――で？」と用件に切り込む。そこに旧交を温めるとか、四方山《よもやま》話《ばなし》を楽しむといった風情はいっさいない。

「フィッツロイ家の家財を、蔵書も含めて一部売りに出すそうだが」

小さく諦念《ていねん》の溜息《ためいき》をついたアダムが、「うん」とうなずく。

天窓から秋の陽射しが降り注ぐフードコートは、観光客も含めた雑多な人間であふれている。

極めて庶民的で、静けさとは程遠い喧騒《けんそう》だ。

だが、会員制の高級クラブのソファーに座っていようが、この手のフードコートにいようが、アシュレイはアシュレイで、その存在感が揺らぐことはない。彼の場合、そこに彼が溶け込むというよりは、その場のほうがアシュレイに寄せていく感じであった。

コーヒーの紙コップに手をのばしつつ、アシュレイが確認する。

「メールによれば、そこに門外不出と言われていた、謎《なぞ》めく『ウネン・バラムの書』が含まれるということのようだが」

「そのとおり」

認めたアダムが、言う。

「それで、思い切って、君に連絡してみたんだ。——ほら、君、在学中から稀覯本の蒐集で有名だったから」

そのまま学生時代の話を始めそうになったアダムを遮る形で、アシュレイが言う。

「でも、手放すには、それ相応の理由があるはずだな？」

「もちろん」

首肯したアダムが、「実は」と若干声を低めて説明する。

「少し前に、仕事先にいた父が脳卒中で倒れてね。意識が戻らないまま、今もロンドンの病院に入院中で、それでなくても事業が傾いて苦しかったうえに治療費もバカにならず、母と相談したうえで、館を売りに出すことにした」

「ソーントン・アビーを？」

「そうだよ。――実は以前から、母はお金と手間がかかるだけで、住み心地はさしてよくない館を売り払って、ロンドンのマンションに移りたがっていたんだけど、当然、曾祖父の代――父にとっては祖父だけど――から住んでいる家を売り払うなどとんでもないと父が反対していたんだ。――それが、父がそんなことになってしまい、これ幸いと、母は売却に意欲的になっているってわけ」

「なるほど。その前哨戦《ぜんしょうせん》として、家財、その他の売り立てをやるということか」

「うん。――まあ、母にとっては、フィッツロイ家の歴史なんて、ロンドンでの買い物に比べたらまったく興味がないことみたいだから」

「だろうな」

皮肉げに応じたアシュレイが、青灰色の瞳を伏せて考え込む。

どこか蠱惑的《こわくてき》な魅力でもって人を翻弄するアシュレイだが、そうかといっておいそれと近づけるわけではなく、あの手この手で取り入ろうとする信者たちを絶対にそばに寄せつけないだけの強さと淡白さがあった。

まさに、孤高の存在だ。

その彼が、目の前にいる。

そのことに違和感があり過ぎるせいか、逆に感覚が麻痺《まひ》してしまったアダムが、自分のコーヒーに口をつけながら「僕としてはさ」とまるで親友に心の内を吐露するように淋《さみ》しげに言った。

「やっぱり生まれ育ったソーントン・アビーを売るのが惜しくて、なんとか売らずにすませられないかと幽霊ツアーとか企画してみたんだけど、なかなか難しくて」

「……幽霊ツアー？」

怪訝《けげん》そうに繰り返したアシュレイに対し、アダムが説明する。

「そう。幸いロンドンにも近いし、イギリス人は幽霊が好きだろう？」

同意を求めるように言いつつ、彼は「それに」と続けた。

「外国人観光客も、その手の映画が流行《はや》った影響で、魔法とか幽霊屋敷なんかに興味があるみたいだから。——ほら、なんといっても、『ソーントン・アビー』といえば、かつて連続幼児誘拐殺人事件の舞台となったおどろおどろしい歴史を持つ場所だからさ、幽霊ツアーにも説得力があると思うんだよ」

「まあな」

渋々認めたアシュレイが、「だが」と確認する。

「実際に幽霊が出るわけではないんだろう？」

「どうだろう。わからない」

そこで考え込んだアダムが、「僕自身は」と白状する。

「幽霊を見たことはないけど、いちおう、昔から、夜中に誰かが階段をのぼるような音を聞いたとか、惨劇のあとが残る隠し部屋を見たなんて話もあるし、父は、今でこそがちがちの現実主義者だけど、子供の頃に、一度だけはっきりと幽霊の姿を見たらしいと親戚の人が話してくれたことがあった。――それで、近所に住んでいた僕の幼馴染《おさなな じ》みなんかは、ネットで資金を集めて『ソーントン・アビー』を買い取り、幽霊ホテルにするなんて青写真を描いているみたいだし」

「へえ」

初耳だったアシュレイが、「幽霊ねえ」とわずかに興味を示した時だ。

天窓の向こうでピカッと空に稲妻が走り、わずかに遅れてゴロゴロと雷の音がした。ほぼ同時に建物内の電灯がフッと揺らいだが、それはあくまでもほんの一瞬のことで、実際に停電することはなかった。

「――びっくりした」

アダムが頭上を見あげて感想を述べる。

「さっきまで晴れていたのに、いつの間にか嵐でも来そうな空模様になっているよ」

彼だけでなく、建物内のあちこちで立ち止まった人たちが、頭上を見あげてあれこれ話していた。

顔を戻したアダムが、苦笑交じりに「にしても」と続ける。

「君に幽霊の話をしたとたん、雷なんて、妙に出来過ぎている気がするよ」

「たしかにね」

口元を歪めて応じたアシュレイは、結局、それ以上アダムといても有益な情報は得られないと判断し、名残惜しそうな相手を置いて、あっさりその場をあとにした。

4

アダム・フィッツロイと別れたアシュレイは、これから遠出して雨に降られるのも面倒だと思い、今日はおとなしく「アルカ」に戻ることに決めた。というのも、彼こそが、ミスター・シンが引退したあと、複雑な事情を抱える店のオーナーとなって存続させた張本人だからだ。

酔狂を極めた男。

昔から悪魔のように頭が切れ、大学に行かずともなんら困らない才能と英知に恵まれた彼は、オカルトにも造詣《ぞうけい》が深く、その手の現象に遭遇するのを生きる楽しみとしているようなところがあった。それは言い換えると、何事も意のままに操れる現実世界に倦《う》み、人生における充実感を、自分ではいかんともしがたい神秘体験で補おうとしているのかもしれなかった。

そんな彼にとって、「アルカ」は宝箱であったし、その世界の住人であるユウリは、誰にも渡したくないお気に入りのオモチャだ。それだけでなく、からかった時の反応が斬新《ざんしん》でおもしろく、退屈しのぎの相手としてうってつけの存在といえる。

問題は、一つ年下のユウリには、目の上のたんこぶのように常にくっついている同い年の親友がいることで、アシュレイとしては鬱陶《うっとう》しいことこの上ない。

シモン・ド・ベルジュというその友人は、御大層な名前からもわかるとおり、フランス貴族の末裔《まつえい》で、この世に存在するのが信じられないくらいの美貌《びぼう》の持ち主であるうえ、頭も切れ、それなりに度胸もあった。時代が時代であれば、間違いなく一国を治める帝王として人々の上に君臨し、賢帝として後世に名をとどめたであろう。

その彼が、ユウリと知り合い、絶対的な庇護《ひご》下《か》に置いて以来、その権利を周囲に堂々と主張して憚《はばか》らず、それは先輩であるアシュレイに対しても同じであった。

なんとも生意気で鼻持ちならない存在で、アシュレイを苛立《いらだ》たせる。

それでも、ユウリをからかおうと思ったら、まずもって彼も一緒にからかう必要があって面倒なのだ。

(割に合わない――)

最近こそ、多忙を極めるらしいシモンの姿を「アルカ」で見かけることは少なくなっていたが、ヒマになればまたうろつき始めるのは目に見えている。なにせ、「アルカ」のオーナーはアシュレイだが、地主はシモンの親戚筋にあたるイギリスの大貴族で、さらに、シモンは親戚との協議の末、「アルカ」が建つ土地の管理のためだけに新たに設立された会社のCEOの座に就いたからだ。

それを含め、いったいいくつの会社のCEOを掛け持ちしているのか。

（いっそのこと、過労死でもしてくれたらいいんだが）

物騒なことでも願うだけなら自由だと思いながら、アシュレイが「アルカ」の近くまで来た時だ。

一台の救急車が、通りを出ていった。

平日の昼下がり。周囲では、物見高い人たちがあちこちで寄り集まり、噂話《うわさばなし》に花を咲かせている。

どうやら、なにか騒ぎがあったらしい。

不審に思いながら店の前まで来ると、なぜかドアは施錠されていて、ご丁寧にも「クローズ」の札まで掛かっていた。

（クローズ……？）

それは、妙である。

今日はユウリもミッチェルもいるので、どちらかが不在になったとしても店を閉める必要はない。

二人同時に急用ということもないだろう。

アシュレイには目の色を変えてまで商売をする気がないので、ふだんからミッチェルやユウリの都合で店を閉めたとしても文句を言うことはなかったが、ただそういう時は、アシュレイのスマートフォンに一報があるはずで、彼らが理由もなく店を閉じるような人間でないのは、よくわかっている。

つまり、なにか慌てて店を閉じなければならないことがあったのだ。

そのことと、先ほど見かけた救急車が無関係とは考えにくい。

そこで、店に踏み込んだアシュレイは、匂いでも嗅《か》ぐようにあたりを見まわし、様子を窺《うかが》った。その際、無意識に手を伸ばして電灯を点けようとするが、点かない。二度、三度と試すが点かず、停電していると知れた。そのせいで店内は薄暗く静まり返っているが、そこにはうっすらと、人が慌ただしく出入りしたような雑然とした空気が残っている。

大勢の人間が行き交うバタバタとした気配——。

アシュレイは、ユウリのように見えないものを見ることはないが、その分、野生動物並みに勘がよく、ものの気配に敏感だ。

底光りする青灰色の瞳で店内を眺めたアシュレイは、最終的にある場所に視線を留めると、思いっきり顔をしかめた。よほど嫌なものを見つけたのか、それは、近年稀《まれ》に見るほどの厳《いか》めしい顔つきである。

そんなアシュレイが見ているもの――。

それは、店の奥にある黒い扉だ。

地下倉庫へと続くその扉は封印の役割を持ち、ユウリ以外の人間が開けることを許されていない。

例外がここにいるアシュレイと、ユウリが不在の際、緊急事態に対応することになっているミスター・シンである。もっとも、そのどちらも、みずから進んで扉に触れようとは思わない。その扉の向こうにどれだけの厄介ごとが眠っているか、彼らは重々承知しているからだ。

それだというのに今、禁断の扉は開かれた状態になっていた。

この店がここにある以上、それだけはあってはならないことであるはずだが、事実、扉は開かれたままだ。

もしユウリがいれば、そんなことにはなっていないはずである。なにがあっても、彼がこの扉を閉め忘れることはない。つまり、この扉が開いているということは、ユウリの身になにかあったと考えていい。

舌打ちしたアシュレイが、ひとまず扉を閉じながらスマートフォンを取り出して電話をかける。

それはすぐに、事務机の上で着信音が鳴るという形で応えた。

ユウリのスマートフォンがそこにあるのを確認したアシュレイは、すぐさま別の電話番号にかけるが、そっちは「現在、この電話は電波の届かないところにあるか、電源が切られた状態にあります」という素っ気ない応答が返ってきた。

「――バカが」

ここにはいないミッチェルに向かってつぶやいたアシュレイが、さらに別の番号にかけると、そっちはすぐにつながった。

『もしもし?』

のんびりした応答に対し、アシュレイが口早に言う。

「悪いが、すぐに来てくれ。どうやら、ミッチがやらかしてくれた」

『――ああ、わかった』

相手は、詳細を尋ねることなく電話を切る。

アシュレイが最後にかけたのはミスター・シンで、こうして連絡はついたものの、地方での有閑生活を楽しんでいる彼がここまで来るのに、どんなに早くても半日近くはかかるだろう。

(それまで、何事もなければいいが――)

いや、おそらく手遅れだ。

というより、なにか起きたからこそ、こういう結果になったのだ。アクシデントは楽しむのがアシュレイであるとはいえ、決して無闇やたらと災厄をまき散らしたいわけではない。

悪魔と彼の違いがあるなら、まさにその点であろう。

自分が責任を負える範疇《はんちゅう》での厄介ごとは好んで起こしても、人智《じんち》を超えた災厄をまき散らす趣味はない。むしろ、おのれの有り余る才能を、それを管理することに向けようというのが、この店のオーナーとなっている理由である。

そこでアシュレイは、一度閉めた扉を開けると、懐中電灯を片手に地下倉庫へと降りていく。

危険はあるが、仕方ない。

ある程度、状況を把握しておく必要があったからだ。

降りてみると、案の定、そこには大勢の人間に踏み荒らされた形跡が残っていて、ここに第三者が入ったのは一目瞭然《いちもくりょうぜん》だ。暗がりで混乱したのか、二つほど棚が倒れ、物が散乱しているのがわかる。

さらに、床に小さな血だまりのようなものが見え、どうやらユウリがここでケガをしたらしいと推測できた。

（間抜け――。ちょっと目を離すとこれだ）

非情にも思うが、問題はミッチェルだった。

ユウリの状態を見て、慌てたのはわかる。

だが、なぜ救急車を呼ぶ前に、アシュレイに連絡をよこさなかったのか。もしそこに彼がいれば、第三者を地下倉庫に入れるなど、あり得なかった。——いや、それ以前に、ミッチェルが勝手にここに来ること自体、契約違反である。

（あいつのことだ。どうせ停電になって、ちょうどいい口実になるからと連絡をよこす前に勝手におりたんだろうが……）

ミッチェルの行動の奥底にあったであろう心理を読み解きながら、アシュレイは暗がりで青灰色の瞳を妖《あや》しく光らせる。

「浅はかなミッチェル・バーロウ。お前には、一度、その好奇心が身を滅ぼすというのをしっかりとわからせてやる必要がありそうだ」

つぶやいたアシュレイは、暗がりでかすかに音を立てるなにかをそのままにして、早々にその場を離れた。

長居して、妙なものに取り憑かれるほど愚かではない。

繰り返しになるが、ここはそういう場所なのだ。

そんなところに人を入れてしまった結果、なにが起きるか。それは、さすがのアシュレイにもわからないことであった。

5

その日の夕方遅く、就業後の「アルカ」を高雅な青年が訪れようとしていた。

白く輝く金の髪。

南の海のように澄んだ水色の瞳。

ギリシャ神話の神々も色褪《いろあ》せるほど美しく整った顔立ち。

立ち居振る舞いも優美で上品な彼の名前はシモン・ド・ベルジュで、久しぶりに親友であるユウリと夕食をともにするはずが、待てど暮らせど、待ち合わせ場所にユウリが現れる気配はなく連絡も取れなかったため、不審に思ってやってきたのだ。

よもや忘れられてしまったということはないはずだが、ユウリのことだからうっかりということはある。それゆえ、喜び勇んでの訪問というよりは、事故などに比べたらずっとマシだとおのれを慰めつつの来訪である。

すると、ちょうど店の入り口にミッチェル・バーロウの姿が見え、シモンは急ぎ足で近づいた。

「やあ、バーロウ」

「ああ、ベルジュ」

顔をあげたミッチェルが、合点がいったように続ける。ただ、その顔はどこかふさぎ込んだ様子で、打ちひしがれているようにも見えた。少なくとも、いつものような小粋《こいき》で端麗な印象は影をひそめている。

「もしかして、フォーダムと待ち合わせでもしていましたか？」

「ええ、まあ」

曖昧《あいまい》に応じたシモンが、「それで」と尋ねた。

「ユウリは？」

「それが……」

ミッチェルが深刻な声で答える。

「フォーダムはケガをして病院に搬送されました。僕も、ついさっき、病院から戻ったところですが、今はまだ意識不明ということです」

「──なんですって⁉」

驚いたシモンが、とっさにミッチェルの肩をつかんで問いかける。

「なんで、そんなことに？」

「なんでと言っても、一言では説明しにくいんですが……」

迷うように言葉を濁したミッチェルが、「ちなみに」と確認する。

「今日、このあたりで停電があったのはご存じですか？」

「いや」

シモンの職場はここから少し離れているので、停電のことは初耳である。そこで、確認のために訊き返す。

「雷が鳴っていたのは知っていましたが――、落雷で？」

「そうなんです。それで、停電が起きたのが、折悪しく、フォーダムが地下倉庫で作業をしている最中のことで、僕はその場にはいなかったから、正直に言ってなにが起きたのか詳しいことはわかりませんが、おそらく暗がりでバランスを崩すかなにかして梯子から落下し、ケガを負ったようなんです。――少なくとも、僕が下におりていった時には、すでに血を流して床に倒れていて、慌てて救急に電話して病院に搬送してもらいました」

「それは、対応が早くてありがたかったですけど、容態は？」

「医者の話だと、肋骨《ろっこつ》にひびが入っているみたいで、他にも頭から流血があって脳震盪《のうしんとう》とかいろいろ」

美しい顔をしかめたシモンが、確認する。

「どこの病院ですか？」

それに対し、病院名を告げたミッチェルが訊き返す。

「もしかして、これからいらっしゃいますか？」

「もちろん」

「それなら、これ」

言いながら、ミッチェルはポケットから取り出したスマートフォンをシモンのほうに差し出して、続けた。

「フォーダムのスマートフォンなんですが、ずっと事務机の上に置きっぱなしになっていたので、家の方に渡してください。もう一度、様子見がてら病院に届けてから帰宅するつもりでしたが、さすがに疲れてしまったので、僕はこのまま帰ります」

「わかりました」

ユウリのスマートフォンを預かったシモンは、その足で病院に向かう。

受付でユウリの名前を告げていると、近くで彼を呼ぶ声がした。

「あら、シモン？」

振り返ると、そこに小柄だが品のよい日本人女性が立っていた。柔和な顔に艶やかなおかっぱ頭をした、とても知的な印象の女性である。ほっそりとした身体に、ジーンズと白いシャツがよく似合う。

彼女の名前は、美月《みつき》フォーダム。

どう考えても三十代前半――下手をしたら大学院生くらいにしか見えないが、これでもユウリの母親だ。

「ああ、ミツキ」

大股《おおまた》で近づいたシモンが、彼女が手にしていた大きめのボストンバッグを受け取りながら挨拶《あいさつ》する。ユウリのことで頭がいっぱいであるはずなのに、そのエスコートの自然さといったら完璧《かんぺき》そのもので、まさに生まれながらの貴公子だ。

「お会いできてよかった。——人伝《ひとづて》にユウリが搬送されたと聞いて」

「そうなのよ。びっくりでしょう？」

一緒に歩きながら、美月が言う。

「まったく、ふだんは極めておとなしいのに、時々、こうして親を心底慌てさせるから困ったものよ。——その点、セイラとは正反対」

三歳年上の姉の名前を挙げて言い、「彼女の場合」と説明を加えた。

「小さなことではしょっちゅうハラハラさせられるけど、今までケガとか、大きな心配事を起こしたことがないの」

「ああ、なんかわかります」

外見も性格も学者である父親のレイモンドに似ているセイラは、常日頃から冒険心に富んだ行動を起こすが、つき詰めると絶対的な安定感の持ち主であった。

美月が謝る。

「ユウリのことでは、貴方《あなた》にも迷惑ばかりかけて、ごめんなさいね」

「そんなことはないですよ。むしろ、ユウリにはいつも癒《い》やされていますから」

「それならいいけど……」

病室の前で立ち止まった美月が、「でも、シモン」と厳かな口調で告げた。

「あの子の顔を見たら、今夜は帰りなさいね」

「――え？」

ユウリが目覚めるまでそばにいるつもりでいたシモンが、意表をつかれたように美月の穏やかな顔を見つめ返す。

「……いや、でも、できれば」

付き添っていたい。

それが、これまでのシモンの立ち位置であったし、ユウリになにかあれば、誰もがシモンを頼ってきた。ユウリのいちばん近くにいるのがシモンであることを、誰もが認めていたからだ。今も付き添う意思があることを主張しかけたシモンの頬に手をのばし、美月がユウリに似た微笑を浮かべて言う。

「ほらほら、そんな傷ついた顔をしないの、シモン。これは、貴方のためよ。――というのも、あの子、おそらく二、三日はこのまま目を覚まさないはずだから、付き添っていても時間の無駄だと思うの。まして、貴方は社会人で忙しい身の上なのだし、ただ待つだけのことに貴重な時間を費やす必要はないわ」

シモンが意外そうに訊き返す。

「二、三日は目を覚まさないって、医者がそう言ったんですか？」

「いいえ。――私の勘」

きっぱり言い切った美月が、ユウリのように漆黒の瞳を翳らせて続けた。

「医者は、もういつ目覚めてもおかしくないと言ってくれたけど、私が思うに、あの子は今、夢の世界にとらわれているのではないかと」

「夢の世界に……？」

なんとも不可思議な言い分だ。それはきっと、母親としての勘ではなく、旧姓である「幸徳井《かでい》」の名前が導き出した予測ということだろう。

千年の長きにわたり、古都京都に陰陽道《おんみょうどう》宗家として存在し、陰ながらあの国の霊的守護を担ってきた幸徳井家。これまで多くの霊能力者を輩出してきた一族であり、ユウリの持つ絶大な力も、この幸徳井の血が美月を通じて流れ込み、一気に爆発したものと考えられた。そして母親である美月も、今の様子からして、やはりふつうの人間よりも、その手のことに敏感に反応するらしい。

美月が「そう」とうなずいて続ける。

「だからね、シモン。今は寝顔を見たら、帰りなさい。きっと、ユウリもそれを望んでいるはずよ」

「まあ、それはそうでしょうけど」

ユウリは、いつもシモンの負担になることを嫌がり、時には、どこまでも甘やかしたいシモンを遠ざけようとすることすらあった。そんなユウリであれば、目覚めた暁には、お見舞いすら必要ないと言い出しかねない。

わかってはいるが、それでも納得できないというか、ずっとそばについていたいと思うシモンに対し、美月が子供をあやすように「大丈夫」と説得した。

「心配しなくても、あの子はすぐに元気になるし、目覚めた時は、それこそ、それが真夜中であっても、貴方に知らせると約束するわ」

「本当ですか？」

「ええ」

「――わかりました」

渋々だが納得したシモンが、預かっていたユウリのスマートフォンを美月に渡しながら続ける。

「それなら、今日はおとなしく帰ります。――ただ、現時点での容態について、もう少し詳しいことが知りたいので、教えていただけますか？」

「もちろん」

そこで、病室に入りながら説明を聞き、頭に包帯を巻いた痛々しいユウリの寝姿を見届けたシモンは、後ろ髪を引かれる思いで病室をあとにした。

6

同じ日の夜。

ユウリが入院している病院のナースステーションでは、夕方遅くに訪れた見舞客のことでちょっとした騒ぎになっていた。

「ねえ、知っている?」

「もしかして、西棟の特別室に入った患者さんのこと?」

「そうそう。彼のところにお見舞いに来た人が、神々しいくらいにかっこよかったって噂になっているんだけど」

「ああ、あの人ね。バッチリ見たわよ」

カルテに打ち込んでいる手を止めた看護師が、うっとりした表情になって続ける。

「本当に、この世のものとは思えないくらいの美青年で、しかもなんというか、やたらと高雅だったのよ。——あれは、たぶん貴族ね。なんであれ、あんな人にエスコートされて、舞台とか観に行ってみたいわ」

「たしかに。——患者さんのほうも、まだ若いのに特別室だし」

「フォーダムさんでしょう?」

「そう」

「私も気になっていたの。フォーダムというからには、科学者のレイモンド・フォーダムと関係があるのかしら？」

「そうかもね」

「だとしたら、間違いなく、貴族関係ってことになるけど」

「そうなの？」

「だって、レイモンド・フォーダムって子爵でしょう？」

「え、知らなかった」

そんな会話の合間にも、窓の外が明るくなって雷鳴が響きわたる。夜になって降り出した雨は、雷をともなって病院の外で暴れている。

荒れ狂う天気の中、看護師たちが会話を続ける。

「でも、患者さんに付き添っているの、どう見ても日本人女性よ。患者さん自身も、日本人っぽいし」

「それなら、名前が一緒なだけか。――なんであれ、患者さんもお坊ちゃんであるのは間違いないわ」

「そんな人を担当できるなんて、いいわねえ」

「病院版『プリティ・ウーマン』になれるかしら？」

「なれる、なれる」

おとぎ話のようなことを言って楽しんでいると、夜の巡回から戻ってきた看護師が、懐中電灯を置きながら「ああ、もしかして」と会話に割って入った。

「特別室の患者さんの話？」

「そうそう。見舞客が王子様みたいだったって」

「それは知らないけど、あの部屋のそばで、消灯前にちょっとした騒ぎがあったのよ」

「騒ぎ？」

初耳らしい看護師たちに対し、別の看護師が「ああ、あれ」とうなずいた。

「けっこう騒然としていたわよね。――でも、実際、なにがあったの？」

ふたたび雷鳴がとどろく中、戻ったばかりの看護師が「それがさあ」と教える。

「点滴を取り換えに行った看護師や近くの個室の患者さんたちが、豹《ひょう》みたいなネコ科の大きな動物が廊下を通るのを見たって騒ぎ出して……。中には、豹の毛皮をかぶった刺青《いれずみ》男が歩いていたと言う人もいるくらい」

「豹……？」

呆《あき》れたように繰り返した看護師が、言い返す。

「そんなの、見間違いに決まっているでしょう」

「私も最初はそう思ったけど、一人だけならともかく、数人が同じようなことを主張していたし、実際、床に爪でひっかいたような傷痕《きずあと》が見つかったりしたから、一時騒然としたの。だれか、ペットのネコでも連れ込んだんじゃないかって」

夜勤で入ったばかりの看護師が、びっくりしたように確認する。

「大変じゃないですか。正体はわかったんですか？」

「いいえ」

否定した看護師に対し、ユウリの手術に立ち会った看護師が「あ、そうだ」となにかを思い出したように言った。

「関係ないとは思うけど、爪痕《つめあと》といえば、特別室の患者さんが運ばれてきた時、なぜかストレッチャーの上に変なものが落ちていたのよね。——それこそ、豹とかトラの爪みたいなものなんだけど」

「爪って、なんでそんなものが？」

「知らないわよ。しかもいちおう、あとで持ち主を探そうと思って手術台の脇《わき》に置いたのに、気づいたらなくなっていて。……どこに行っちゃったのかしら？」

「手術のゴミと一緒に捨てられたんじゃない？」

「あり得る」

「だとしたら、大変。貴重なものだったら、どうしよう」

「そんなの、知らんふりするしかないわよ」

「そうそう。搬送中にどこかでなくなったことにすればいいの。私たちの使命は患者さんの命を守ることであって、一緒に運ばれてくる持ち物にまで責任を負えないわ。——もちろん、盗難には目を光らせるけど、それ以上は無理」

年輩の看護師が結論づけ、「それより」と言う。

「さっき話していた『豹の皮をかぶった刺青男』のほうが気になるわね。変質者でも紛れ込んだんじゃないかしら。——警備には伝えたの？」

「もちろんです。念のため、院内を巡回してもらいましたから」

「なら、大丈夫ね」

その場をまとめた看護師が、「さあさ」と手を叩《たた》いてよけいなおしゃべりを終わらせる。

「仕事は山ほどあるんだから、とっとと片づけましょう」

と——。

それに呼応するように、ある部屋のナースコールが点灯する。

「ほら、さっそく患者さんが呼んでいるわよ」

「あれ、でも、この部屋って……」

部屋番号を確認した看護師が、意外そうに言う。

「例の患者さんじゃない？」

「例のって、もしかして、ずいぶん前に脳卒中で運ばれてきて以来、ずっと寝たきりになっているフィッツロイさん？」

「ええ。それで来週あたり、そろそろご家族と延命処置について話し合うことになっていたはずなんだけど……」

「でも、こうしてナースコールが点いたってことは、目覚めたってことなんじゃない？」

「そうよね」

「でなきゃ――」

そこで、看護師たちが沈黙する。

亡くなった人間の部屋のナースコールが点灯する――。そんなような怪談話は、この業界では実際に「あるある」のことだからだ。

「とにかく、行かないと」

意を決して歩きだした看護師に対し、背後から他の看護師たちが声援を送る。

「いってらっしゃい」

「がんばって」

「なにかあったら、すぐにナースコールをしてね」

だが、幸い、おかしな怪談話のようなことは起きておらず、起きたのはむしろ奇跡のほうだった。というのも、問題の病室では、暗がりに目を青白く光らせたブランドン・フィッツロイが、身体を起こした状態で看護師の到着を待っていたからだ。

「まあ、フィッツロイさん、意識が戻られたんですね？」

「ああ」

応じたフィッツロイが、窓の外を見つめながら厳《いか》めしげに告げる。

「長い眠りについていたが、今、私はようやく目覚めた。これより、わが望みを果たすべく動き出さん――」

その言葉が終わるか終わらないかのタイミングでピカッと窓の外で稲妻が炸裂《さくれつ》し、二人がいる病室の中を閃光《せんこう》で染め上げた。

その一瞬。

患者の手元で鋭い爪のようなものが白く輝いたが、看護師の視界に入ることはなく、彼女は当直医に状況を知らせるため、急いで部屋を出ていった。

第二章　想定外の出来事

1

数日後。

約束どおり、美月は真夜中にもかかわらず、シモンに連絡をくれた。ただ、一度目を覚ましたものの、ユウリはふたたび眠りに落ちてしまったらしく、メールには、急いで来る必要はなく、仕事の合間にでも様子を見に来たらいいと記されていた。その時に目を覚ましていれば話せるということだ。

なんであれ、ユウリが意識を取り戻したことに、シモンは安堵《あんど》する。おそらく、ユウリの家族も同じ思いでいるはずだ。

そこで、翌日。

シモンはさっそく、仕事を調整してユウリのお見舞いに行った。

病室で迎えてくれた美月が、シモンの差し出した豪勢な果物のバスケットを受け取りながら、申し訳なさそうに言う。

「ごめんなさいね、シモン。連絡しておきながら、ユウリってば、あれから一度も目を覚まさなくて、話すのはまだ無理みたい」

「そうですか……」

残念そうに応じたシモンに、美月が励ますように説明する。

「でも、お医者様の話だと、深い睡眠のせいか、身体のほうはめきめきとよくなっているみたいで、目が覚めたら、すぐにでも退院できるとおっしゃっていたわ」

「それは、朗報ですね」

「ええ。きっと、この子、夢の中で治癒の泉にでも入っているんじゃないかしらね。だから、目覚めないのよ」

「治癒の泉……」

その言葉に、シモンが深くうなずく。

「それはなんか、すごくユウリらしいかもしれません」

「でしょう？」

シモンには、その光景が目に浮かぶようだった。美しい花が咲き乱れる楽園で、大天使たちと一緒に泉に浸《つ》かっているユウリ——。

そして、実際、ユウリならそれもあり得るのだ。

気を取り直して、シモンが訊く。

「そういえば、レイモンドは？」

ユウリの父親であるレイモンド・フォーダムは、世界のオピニオンリーダーと目される著名な科学者で、シモンの比ではないほど多忙な日々を送っている。だからだろうが、息子がこんな状態であるのに、まだ病院で姿を見ていない。

美月が、その理由を教えてくれる。

「彼は、今、アメリカの学会に呼ばれていて、昨日の夜、様子を見に来て、今朝早く、トンボ返りでニューヨークに戻ったわ」

「そうですか。相変わらず、お忙しそうですね」

「そうね。——ただ」

そこで、美月が少し表情を翳《かげ》らせた。

「昨日、うちの近所で子供の誘拐事件が起きたらしく、そのことを電話で伝えたら、いろいろ物騒なことが続くから、早めに用事を切り上げると言ってくれて」

「……ああ、その事件は、僕も気になっていました」

なにせ、場所が場所だし、フォーダム家には「クリス」という、誘拐された子供と同じくらいの幼児がいる。親としては、気が気ではないだろう。

すると、ベッドの上でユウリの身体がもぞもぞと動き、先に気づいたシモンが「あ」と声をあげて覗《のぞ》きこむ。

「ユウリ、気がついたかい？」

それに対し、ゆっくりと目を開いたユウリが、二度、三度とまばたきをして、ぼんやりとした視線を周囲に向けた。

「……ここは？」

問いかけに対し、美月と視線をかわしたシモンが答える。

「病院だよ。覚えてない？」

「病院……」

シモンの言うことを必死で理解しようとしているかのように繰り返しながら、ユウリは顔を動かしてシモンと美月の顔を順繰りに見た。ただ、その煙《けぶ》るような漆黒の瞳《ひとみ》に安堵《あんど》の輝きはなく、むしろ困惑と躊躇《ためら》いのようなものが広がっていく。

反応の薄さを心配したシモンが、尋ねる。

「大丈夫かい、ユウリ。気分でも悪い？」

「いいえ、気分は大丈夫です」

なぜか、妙に畏《かしこ》まった言い方をしたユウリが、「……ただ、えっと」と戸惑ったような声で続けた。

「すみません、いろいろなことがわからなくて……」

言いながら、動揺した様子で頭を押さえたユウリを見て、シモンが驚いたように確認する。

「え、まさか、ユウリ。――僕のことがわからない？」

「あ、いや」

シモンの切迫した声を聞いて申し訳ないと思ったのか、ベッドに横になったまま焦ったようにユウリが言う。

「わからないというかなんというか、記憶がごちゃまぜで……。あの、ごめんなさい、二人とも、顔は見たことがある気がするし、安心する感じはすごくあるんですけど、とにかく情報が頭の中をグルグル回っている状態でなにも導きだせない」

それに対し衝撃を受けて一瞬固まってしまったシモンの横から、美月が息子の額に手を伸ばして言った。

「いいのよ、ユウリ。心配しないで大丈夫。――それより、まだ少し寝足りないみたいだから、眠りなさい。私たちがそばにいるから、安心してぐっすり眠るといいわ。その間に、きっと混乱した記憶も落ち着くでしょう」

その言葉に誘われるように、ユウリがふたたび目を閉じる。

とっさに動揺して口をつぐんでしまったシモンとは違い、さすが、美月はユウリの母親だ。傷ついたり焦ったりしたのは彼女も同じであるはずなのに、どんな状況もまずは受け入れ、そこからとっさに利他の行動が取れるらしい。

黙ったままのシモンに対し、美月が謝る。

「ごめんなさいね、シモン。びっくりしたでしょう?」

「——あ、いや」

「前に起きた時も、なんだかちょっとぼんやりしているなとは思ったのだけど、ほとんど会話がないまますぐに寝入っちゃったから、まさか、こんなふうに記憶に混乱をきたしているとは思わなくて……」

「大丈夫です」

首を横に振ったシモンが、恥じ入ったように応じる。

「それより、僕のほうこそ動揺してしまって、ケガ人相手だというのにロクな対応もできずにすみませんでした。事前に頭を打ったと聞いていたのだから、この程度の混乱は予期していて然《しか》るべきだったのに、情けない」

「そんなことないわ。貴方《あなた》たちは、昔から特別に仲よしさんだから、あんなシリアスな顔つきで『誰?』的な感じになったら、傷ついて当然よ。——お願いだから、気にしないでやってね」

「もちろんです」

そうは言ったものの、しばらくして病室をあとにしたシモンは、自分が思った以上に落ち込んでいることに気づいていた。

(一時的な記憶の混乱——)

あのあと、回診に来た担当医は、状況を聞いてそう診断していた。頭を打ったり、大きな手術で全身麻酔をしたあとなどに、時々起きるのだと言う。ほとんどが一時的なものだから心配する必要はないが、たまに回復まで長くかかることもあり、記憶に関しては医者にも手の施しようがないのだと話していた。

ただ、ユウリの場合、記憶喪失ではなく、単にものとその名称が一致しないということのようなので、さほど心配せずともすぐに元どおりになるだろうというのが、医者の見解であった。

それならそれで、安心ではあるのだが——。

(ユウリが僕を認識できなかった……)

そのことが、思いの外、シモンを苦しめている。

なんと言っても、ユウリと自分の間にある絆《きずな》は、何人にも侵されることのない絶対不可侵のものだと思っていたのに、それはとんだ自惚《うぬぼ》れであったとわかったからだ。その実態はといえば、ケガの一つでこんなにも脆《もろ》く崩れ去るものだった。

(これでもし、ユウリの記憶が戻らなければ——)

ゾッとしながら歩いていたシモンを、入り口で誰かが呼び止めた。

「ベルジュ」

振り向くと、そこにミッチェルの端麗な姿がある。

「バーロウ」

仕事の合間を縫ってのことであるため、サックスブルーの三《み》つ揃《ぞろ》いにベージュのネクタイを合わせたノーブルな印象のシモンに対し、ミッチェルは、いつもの古風な英国紳士スタイルではなく、生成りのパンツにモスグリーンのロングカーディガンを合わせた、かなりカジュアルな装いである。

花束を手にしたミッチェルが、首を傾《かし》げて訊く。

「どうしました、ベルジュ。まるで、幽霊のような顔をして歩いてましたけど」

言いながらふと気づいたように、「あ、まさか」と続けた。

「フォーダムになにか？」

おそらく、ミッチェルにもフォーダム家から経過報告がいったのだろう。目覚めたと聞き、こうして見舞いに来たら、シモンが悲愴感《ひそうかん》たっぷりに歩いてきたので、嫌な想像をしてしまったらしい。

「ああ、いえ」

苦笑したシモンが、否定する。

「ユウリは大丈夫です。——大丈夫は大丈夫なんですけど、ちょっと記憶の混乱がみられるようで、それが心配というかなんというか」

とたん、何事か察した様子でミッチェルがうなずく。

「なるほど、記憶がね。——つまり、貴方のことを認識してくれなかったわけですね？」

「まあ、そうです」

認めたシモンをからかうように、ミッチェルが言う。

「だとしたら、貴方があんなふうに、この世の終わりのような顔をして歩いてきたことも納得がいきますよ」

「……この世の終わり」

それは、いったいどんな顔だったというのか。

シモンが、渋い顔になって応じる。

「そんな情けない顔をしていましたか？」

「そうですね。もっとも、貴方の場合、憂い顔も芸術的なまでに麗しいですけど」

実際、美しさの点では、ミッチェルが気づいただけでも、十人以上の看護師や医者が廊下で振り返って二度見、三度見をしていた。

だが、そんなことはどうでもよかったシモンが、溜息《ためいき》をついてつぶやく。

「そうか。本当にどうしようもないな。ユウリのほうが大変だっていう時に、こんなふうに自分事で傷ついているなんて……」

珍しく本気で落ち込んでいるシモンを意外そうに眺めたミッチェルが、「ああ、えっと」と気遣うように誘った。

「ベルジュ。もしよければ、そのへんで、少しお茶でもしませんか?」

「――え?」

返事を待たずにミッチェルが畳みかける。

「お時間は?」

そこで、時計を見おろしたシモンが答える。

「まあ、小一時間くらいなら」

「ならぜひ。――あ、ちょっと待っていてください」

そう告げたミッチェルは、受付のそばでモップをかけていた掃除人に声をかけ、手にした花束を渡すと、ポケットから名刺と一緒に五ポンド札を取り出して、相手の手に握らせた。おそらく、ユウリの病室に花束を届けるように依頼したのだろう。

戻ってきたミッチェルに、シモンが訊く。

「せっかく来たのに、ユウリの顔を見に病室に寄らなくていいんですか?」

「ええ」

あっさり応じたミッチェルが、「というか」と彼なりの配慮を見せる。

「ベルジュを認識できないくらい記憶が混乱しているなら、今はあまり大勢の人間と会わないほうがいいでしょう。よけい混乱してしまっても困るし、なにより、訪ねたところで話もできないいんじゃ、行ってもつまらない。――それくらいなら、貴方とのおしゃべりに時間を費やしたほうが有効な使い方ですから」

「有効か」

優しいのか、淡白なのか。

ミッチェルというのは、とても謎《なぞ》めいている。

結局押し切られる形ではあったが、二人は連れ立って、病院から少し離れた場所にある老舗《しにせ》ホテルのティールームにミッチェルの車で向かった。

2

こぢんまりとした老舗ホテルの名高きドローイングルームに落ち着き、注文した紅茶をすすったところで、ミッチェルが訊いた。

「少しは落ち着かれましたか？」

「ええ、おかげさまで」

続けて、シモンが謝る。

「なんかすみません、みっともないところをお見せして」

ちなみに、シモンとミッチェルも、出逢《であ》った当初は客と店員――あるいは店の土地所有者と店の雇われ管理人という関係であったため、年下のシモンのほうが若干威圧的な言葉遣いをしていたのだが、個人的な会話をするようになるにつれ、シモンの話し方が歳《とし》の差に見合うよう幾分か丁寧なものに変わりつつあった。

「構いませんよ」

ミッチェルが答え、「というより」と言う。

「極めてふつうの反応だと思いますけどね。――もっとも、貴方の場合、ものごとが自分で制御できる範囲を超えることに対し、ふつうの人間以上にストレスがかかるのでしょうけど」

紅茶を飲みかけていた手を止めて、シモンが確認する。

「それはもしかして、僕がストレス耐性に乏しいと言っています？」

「まさか」

おもしろそうに笑ったミッチェルが、「ストレス耐性に欠ける人が」と続ける。

「支社とはいえ、あんな巨大な組織を悠々と動かしたりはしないでしょう。むしろ、それができるような人だからこそ、コントロールできないことに対して、若干ストレスがかかると言っているんです」

言われたことを吟味するように水色の目を伏せて考え込んだシモンが、ややあって「それって」と尋ねる。

「傲慢《ごうまん》と同義語のような気もしますが……」

「まあ、ある意味、そうなのかもしれません」

否定しなかったミッチェルが、「その点」とさらにシモンの意表をつくことを言った。

「貴方とアシュレイは似ていますよ」

とたん、厭《いと》わしそうに顔をしかめたシモンが、「それは」とふて腐れた口調になって反論する。

「聞き捨てならない」

「別に怒らせるつもりで言っているわけではないんですけどね」

「アシュレイと似ていると言われることがですか？」

「ええ」

「でも、僕にしてみたら、喧嘩《けんか》を売られているようにしか思えませんよ」

「それは、失敬。――でも、だとしたら、きっと同族嫌悪でしょう」

「最悪だ」

「そうですか？」

澄まし顔で紅茶をすすったミッチェルが、「少なくとも」と続けた。

「僕は、アシュレイほど非凡な人間を他に見たことがないし、そのことをとても評価しています」

「……まあ、非凡は非凡ですね」

渋々認めたシモンが、「でも」と尋ねる。

「その非凡な男は、自分がオーナーを務める店で雇用人が入院するようなケガを負ったというのに、見舞いの一つも言いに来ないわけで、そういう態度こそが傲慢といえるのではないですか？」

「たしかに」

小さく笑って、ミッチェルが「もっとも」と私見を述べる。

「あれは傲慢というより、単に社会性の問題でしょう。言い換えれば、枠にはまらないということで、もし、アシュレイのようだと言われるのがお嫌なら、貴方と彼の決定的な違いはそこでしょうね」

なんだかんだアシュレイを称揚するミッチェルに対し、諦《あきら》めたように小さく肩をすくめたシモンが、「それなら」と具体的なことを訊く。

「その非凡で自由なアシュレイは、今回のことをどう考えているんです？」

一緒に働いているのだから、それくらいは話し合っているだろうと思いきや、ミッチェルからは驚くような答えが返った。

「さあ、どうでしょう。僕は、フォーダムがケガをしたあの日をもって『アルカ』を解雇されたので、今回の件でアシュレイがどう動くつもりかはわかりません」

「――解雇？」

水色の目を見張ったシモンが、それまでの苛立《いらだ》ちを忘れてミッチェルをマジマジと見つめる。どうやら、いつもとは趣を異にするカジュアルな服装には、それなりの理由があったようだ。

「クビになったんですか？」

「ええ」

「なぜ？」

「もちろん、勝手に地下倉庫におりたからですよ。いわば、『契約違反』です。アシュレイと交わした雇用契約書には、『なにがあろうと、地下倉庫への勝手な立ち入りを禁ずる』と明記されていて、今回、僕はその禁を犯したために解雇されました」

「そんな……」

納得がいかないシモンが、「だけど、それは」と主張する。

「ユウリを助けるためであって、人命を尊重した結果ですよね？」

「もちろんそうですが、違反は違反ですから」

「バカバカしい」

首を横に振り、シモンがミッチェルの意向を確認する。

「貴方は、それで納得がいくんですか？」

「どうかな」

皮肉げに笑ったミッチェルが、「これは、アシュレイの言ですが」と説明する。

「あの時の一連の流れにおいて、僕の中に若干冒険的な気持ちがなかったとはとうてい思えないそうで、事実、最初から最後まで一度もアシュレイの指示を仰ごうとはしなかったという点では、言い訳のしようがありませんから」

「だけど、貴方のとっさの判断がユウリを救ったのですから、やはり、解雇というのはひどすぎる」

憤慨したシモンが、少し考えてから申し出た。

「なんなら、あの土地のオーナーとして、僕が貴方を雇って建物の管理と運営をお任せしてもいいですけど」

「……へえ」

セピアがかった瞳を細めたミッチェルが、嬉《うれ》しさと自嘲《じちょう》が入り混じったような複雑な表情を浮かべて応じる。

「それは意外でした。――もしかして、貴方は、僕という人間をかなり高く評価してくれているということでしょうか？」

「もちろん。そう思っていただいて構いませんよ。少なくとも、ユウリと一緒にあの店で働く相手として、貴方は得難い人材だと思っています」

ユウリのみならず、シモンも当初はミッチェルに対して警戒心を抱いていたが、時を経るごとに、それはある種の信頼へと変わっていった。

もちろん、先ほどの会話からもわかるとおり、なんだかんだ言ってもミッチェルはアシュレイ寄りの人間であるため、腹を割ってなんでも話せるかといったら、そこまでには至っていないが、これまで「アルカ」においてかなり難しい立ち位置にありながらも、絶妙な距離感ですべての人間に対応してきたその処世術は、シモンがこれまで見てきた誰よりもすごい。

おそらく、天性の「人たらし」なのだろう。

ユウリも人を虜《とりこ》にしていくタイプではあるが、彼の場合、そこにいっさいの計算がなく、ただただ広い器でみんなを受け止め、人々はそこに癒《い》やしを求めて寄っていくのに対し、ミッチェルは、きちんと計算したうえで個々との絆を深め、まるで蜘蛛《くも》が糸で獲物をからめ捕っていくかのように、人々を自分の懐に取り込んでいく感がある。

当然、受け入れる対象や程度も、彼の中ではきっちり仕分けがされているはずだ。

「なるほど。——フォーダムの相棒としてね」

感慨深げにうなずいたミッチェルが、続ける。

「とてもありがたいお申し出ですが、お断りしますよ」

「そうですか」

答えつつ、いささか意外だったシモンが、「ちなみに」と問いかける。

「理由を伺ってもいいですか？」

「ええ。まあ、単純に、その申し出を受けてしまったら、アシュレイが本気ですねてしまいかねないからです」

「……すねる？」

それもまた意外な返答であった。

解雇を巡り、アシュレイとミッチェルの間でどんなやり取りがあったかは知らないが、アシュレイの性格を考えたら、それがのほほんとしたものであったとはとうてい思えない。事実、ユウリが病院に担ぎ込まれたあの日、おそらく「クビ」を宣告された直後にアルカの前で会った時、ミッチェルは間違いなく打ちひしがれていた。彼にしても、自分が本気で解雇されるとは思っていなかったのだろう。

それなのに、そんなアシュレイの暴挙を、彼は「すねる」の一言で片づけてしまっている。

シモンが「つまり」と訊いた。

「貴方はまだ、アシュレイとの関係をやり直せると考えているわけですか？」

「そうですね」

少し考えたあとで、ミッチェルが「というより」と自嘲気味に付け足した。

「諦めていない――と言ったほうが正確でしょうね。恋愛ではないですけど、彼との関係性は、こちらが諦めたら終わりですから、もう少し粘ってみようかと。そのためにも、ここで貴方の慈悲にすがってしまうのはまずいわけです」

「なるほど……」

プライドがあるのか、ないのか。

ミッチェルの場合、ぐるりと一周まわせるくらい高いプライドの持ち主である可能性は十分あった。

(まあでも、アシュレイにしたって)

シモンは思う。

(このバーロウを、そう簡単に手放すはずはないか……)

だとしたら、ここは下手に横から口出しせず、彼らなりのやり方で関係が修復されるのを待つ以外になさそうである。

そこで、腕時計を見おろしたシモンが、名刺を差し出しながら話を締めくくる。

「わかりました。こちらの話は期限があるものではないので、気が変わったら、いつでも連絡をください」

「それはどうも。――これだけでも、貴方をお茶に誘った甲斐《かい》がありましたよ」

そう言ってモナリザのようにほほ笑むミッチェルは、やはり一筋縄ではいかない相手であると、シモンは別れ際に改めて思った。

3

ミッチェルとホテルの前で別れたあと、タクシーで支社のあるカナリーワーフに向かったシモンは、途中、雨に濡《ぬ》れる秋の景色を眺めながら、今しがたミッチェルと交わした会話について考えを巡らせた。

(バーロウが解雇か……)

いくら契約事項にあるとはいえ、地下倉庫への侵入はユウリを守るためであったのだから、アシュレイも本気でそのことを咎《とが》めているわけではないのだろう。むしろ、行動を起こす前に指示を仰がなかった、その一点が問題であったはずだ。

ただ、そうなると――。

(ものごとが自分で制御できる範囲を超えることに対し、ふつうの人間以上にストレスがかかる、ねえ)

ミッチェルがシモンに対して告げたことは、とりもなおさず、そのことでミッチェルがアシュレイから制裁を受けたがために出てきたものと考えていい。言ってみれば、アシュレイへの苛立ちを、シモンを通じて晴らしていたのだ。

とはいえ、それがわかったところで——。

(似ているなんて冗談じゃない)

思い出したシモンは、改めて憤慨する。

アシュレイと自分は、常に対極に位置しているはずだ。

天使と悪魔。

プラスとマイナス。

陽と陰。

この場合、必ずしも悪い意味での「マイナス」や「陰」ではなく、いわば再生をうながすための破壊に近い「負」の意味を持つ。

そうは思うが、アシュレイ側の人間からすると、案外そうではないのかもしれない。

傲慢の対義語は、謙虚である。

(謙虚か——)

シモンは、自分にその言葉が当てはまるか考えて、悩ましい顔つきになった。

謙虚というなら、ユウリがまさにその性質を持っているが、はたして自分にもあるかと考えたら、正直に言って自信がない。

だが、そうなると――。

なんとも気になるところではあったが、今は目の前のことに集中すべきだと考え、シモンは意識を切り替える。

（僕が、傲慢……？）

落ち着いて考えたら、アシュレイのことだ、バーロウの解雇だって、きっとあとでなんらかの駆け引きの材料にするつもりなのだろう。つまり、先ほど、ミッチェルがシモンの誘いを辞退してくれたのは正解で、浅はかな同情心で手を出していたら、のちのちどんなしっぺ返しがとんできたか、わかったものではなかった。

（やはり、バーロウは、アシュレイの心理をよくとらえているということだな……）

そこで、ひとまず解雇の件を頭から追いやったシモンが、車寄せでタクシーを降りて近代的なビルの中に入ろうとしていると、ふいに横合いから声をかけられた。

「――ベルジュ」

振り向くと、見知らぬ人間が立っていた。

赤茶色の髪をぴったりと撫《な》でつけた青年は、ひょろりとした身体に灰褐色のスーツをまとっていて、一見するとこの界隈《かいわい》のやり手営業マンといった風情であったが、おどおどと定まらない視線がそれらの印象を完全にひっくり返し、同じ営業職でも、決まった営業先で愛想を振りまいているような卑屈さが感じられた。

(――誰だっけ?)

相手がシモンを知っているからといって、シモンが相手を知っているとは限らない。それでもザッと頭の中にある名簿のようなものをさらうシモンに対し、相手が、名刺を差し出しながら言う。

「不躾《ぶしつけ》で申し訳ないけど、実は『初めまして』なんだ。僕の名前はマイケル・ケアードといって、君のことはオックスフォード時代の学友であるジェームズ・マッキントッシュ・メイヤードから紹介されたんだよ」

「ジェームズ?」

あげられた名前は、数えきれないくらい存在する母方の親戚《しんせき》の中にいるにはいるが、セカンドネームの違うジェームズが何人かいて、ひとまず年齢的に合致するジェームズに絞ってみても、従兄弟《いとこ》と又従兄弟《またいとこ》のどちらであるか、とっさに判断がつきかねた。

名刺を受け取りつつ胡乱《うろん》な顔つきになったシモンに対し、ケアードが慌てたように付け足した。

「えっと、いちおう話だけはしておいてくれるということだったんだけど、彼からなにか聞いていない?」

「――ああ、そういえば」

シモンが、斜め上を向いて言う。

ユウリのことがあってすっかり忘れていたが、少し前に、又従兄弟のジェームズからメールが来ていて、その中にマイケル・ケアードの名前があったことを思い出す。

「たしかに連絡がありましたよ」

「よかった」

ホッとした様子の相手を邪険にもできず、シモンは、ひとまずビル内のロビーで彼と話すことにした。そこなら、最悪の場合、警備員に彼を任せ、その場を離れることも可能であるからだ。そのうえで、シモンはきっかり十分後に自分をロビーに迎えに来るよう、秘書のモーリスにメールで指示を出しておいた。

この手のことはシモンにとって日常茶飯事で、対処の仕方も心得ている。

「それで、ケアード。あまり時間も取れませんので、できれば手短に用件をお伺いしたいのですが」

「ああ、そうだね」

シモンがこうして時間を割いてくれるのがどれほど貴重なことか、今一つ理解していない様子のケアードが、もたもたとリュックからタブレットを取り出して説明する。

「実は、近々、ハートフォードシャーにある館《やかた》が売りに出されることになって。――『ソーントン・アビー』といって、けっこう歴史のある館なんだ」

「……はあ」

言われてみれば、ジェームズもメールでそんなことを告げていた。

なんとなく、話の筋が見えてきた気のするシモンが、それでも忍耐強く「で?」と続きをうながす。

「えっと、僕は、そのソーントン・アビーを、SNSで仲間を募って買い取り、幽霊ホテルとしてオープンさせようと計画していて」

「クラウド・ファンディングですね」

「そう。――ただ、それも最近はなかなか資金が集まりにくくなっているみたいで、売買契約を結ぶための期限もあることだし、こうして当たれるところに直接働きかけるようにし始めたんだ」

「なるほど。――たしか、ジェームズは投資したみたいですね」

「うん。それで、きっと君も興味を示すだろうからって紹介してくれたんだ」

「――僕が?」

いったいなぜ、年に一度あるかないかの割合で、どこかのパーティーで顔を合わせる程度の又従兄弟から、そんな信頼を得てしまったのか。

不思議に思っていると、ケアードが「なんでも」と告げた。

「ご実家であるフランスの城でも、ハロウィン用の巨大な施設を造るなどして季節ごとに観光客を呼び込み、城の維持費を賄っていると聞きましたよ」

「――ああ」

たしかに、ロワールの城でもさまざまな催し物や観光客相手の商売などを手がけてはいるが、それは主に文化財保護という公的精神に根ざした活動であり、営利目的でのホテル運営なんかと一緒くたにしてほしくない。

そのことをやんわり伝える。

「でも、あれはあれで、国といろいろと難しい取り決めがありましてね」

彼の問題とは違うと、匂《にお》わせた。

それから時計を見おろし、彼とここで話し始めてからまだ五分しか経《た》っていないのを確認しつつ、シモンは言った。

「申し訳ないが、投資の話ならお断りしますよ。――ということで、これ以上お話を聞くのは、双方にとって時間の無駄でしょう」

「いやでも」

腰を浮かしかけているシモンを引き止めようと、ケアードは必死の様子だ。

「せめて建物の写真だけでも――」

言いながらタブレットを操作していたが、途中で「あれ、メールだ」とつぶやき、シモンに見せるための写真よりそっちを優先した。

それを呆《あき》れた目で眺めたシモンの前で、ふいにケアードの顔色が変わり、「え、嘘《うそ》⁉」

と慌てた様子で席を立つ。

「うわ、大変だ。えっと、すみません、ベルジュ。ちょっと緊急事態が発生したみたいなので、僕はこれで帰ります。――なんか、話を振っておきながら、こんな中途半端な感じになっちゃって申し訳ありませんが、本当にそれどころではなくなってしまって」

「いえいえ」

むしろ渡りに舟だったシモンが、愛想よく応じる。

「僕のほうは、まったくもって構いませんよ。お話しできて楽しかったです。――では、ケアードさん、ごきげんよう」

勝手に押しかけてきた挙げ句、なにも成し遂げないまま慌ただしく立ち去った相手を見送ると、シモンはちょうどエレベーターを降りてきた秘書に「問題ない」と手で合図し、その場で立ち止まってシモンが歩み寄るのを待っていた彼と一緒に、執務室のある最上階へとあがっていく。

エレベーターの中で二人きりになったところで、モーリスが訊いた。

「――で、どなたですか、今の御仁は」

「マイケル・ケアード」

シモンの答えを聞いて、モーリスが眼鏡の縁を押さえて考え込む。

「すみません。私の記憶にはないお名前のようですが……」

「正解だよ」

端的に応じたシモンがそれ以上説明しようとしないのを見て取り、モーリスが少し踏み込んだことを訊く。ベルジュ・グループにおいて、この心酔すべき次代総帥の右腕を自負する彼としては、自分の知らないことがあるのが許せないのだろう。

「差し支えなければ、どのようなご用件だったか、教えていただけませんか？」

場合によっては自分のほうで処理できたかもしれない、という思いがあるようだ。

それに対し、少し考えたあとで、相変わらず前を向いたままシモンが言う。

「……そうだな、君、ハムスターが回し車をまわすのを見たことがあるだろう？」

「はい」

「あれ、勢いがつくと足のほうが追いつかなくなって、まわしていたはずの回し車に振りまわされる形でグルングルンまわってしまうことがあるって、知っている？」

「ええまあ。動物番組の映像でそんな姿を見たことがあります。――ちょっと癒やされるというか」

妙なところでプライベートを覗かせたモーリスをチラッと見て、シモンが続けた。

「癒やされるかどうかは別として、ケアードはまさにそのハムスターって感じだった」

その時、チンと音がしてエレベーターの扉が開く。

結局、よくわからないたとえ話で終わってしまったことに不満そうなモーリスを振り返ることなく、シモンは歩きだしながら付け足した。

「そうそう、時間があったら、『ソーントン・アビー』について、少し情報を集めておいてくれないか」

「『ソーントン・アビー』ですね。承知しました」

頭の中に叩《たた》き込んだモーリスが、経営陣の顔つきに戻ったシモンの後ろをついていきながら「それで」と、この後の予定について細かに説明を始めた。

4

同じ頃、ウェストミンスター地区にある老舗のオークションハウスでは、美の殿堂にふさわしい趣のある廊下を、黒のロングコートを身にまとったアシュレイが悠然と闊歩《かっぽ》していた。

本日は、ここで比較的大きな売り立てが行われることになっていて、彼は一般の人々より早く、目当ての品を間近で見る機会に恵まれたのだ。そこで、時間どおりに指定された場所にやってきたのに、なぜか「フィッツロイ家」と書かれたエリアを見ても、これから競売にかけられるような古美術品が一つもない。ただ、そこになにかが置かれていて然るべきがらんとした空間があるだけだった。

（どういうことだ……？）

アシュレイが眉《まゆ》をひそめて考える。珍しくも、ちょっとキツネにつままれたような気分であった。

しかも、客か関係者かはわからないが、そのがらんとした空間の近くでは、濃い色のスーツを着込んだ男女が数人、スマートフォン越しに強い口調で誰かと話していて、その場はかなり騒然としていた。

おそらく、なにか予定外のことが起きたのだろう。

そこで、アシュレイもすぐさまスマートフォンを取り出し、今回の段取りを整えたアダム・フィッツロイに電話する。

すると、数コールで出たアダムが、焦った口調で応じた。

『あ、アシュレイ、今どこ？』

「展示室」

『なら、すぐに行くから、そこで待ってて』

それから一分もしないうちに、関係者用の出入り口からスーツ姿のアダムが出てきた。

服装こそきちんとしているが、髪は寝癖が直っておらず、起きてから今まで、どれほど慌てていたかを物語っていた。

「やあ、アシュレイ」

「挨拶《あいさつ》はいいから、説明しろ。どういうことだ？」

「ええっと、それがさ」

言いながらアシュレイの腕をつかんで隅のほうに連れていったアダムが、声を低めて報告する。

「急遽《きゅうきょ》、今日の売り立てを中止することになって」

「それは見ればわかる。知りたいのは理由だ」

端的に切り込むアシュレイに対し、一度警戒するように周囲をキョロキョロと見まわしたアダムが、さらに声を潜めて教えた。

「実は、父が蘇《よみがえ》ったんだ」

「蘇った？」

その奇妙な言いまわしに対し、アシュレイがからかうように確認する。

「つまり、一度死んだってことか？」

「まさか。言葉の綾《あや》だよ」

真面目《まじめ》に否定したアダムが、続ける。

「この前も話したとおり、父は脳卒中を起こして以来、ずっと意識が戻らないまま入院していたんだけど、数日前――ああ、ほら、ちょうど君と話した、雷のすごかった日の真夜中過ぎに、なぜか急に目を覚まして、それからが大変だったんだ。あれよあれよという間に回復して実権を取り戻した父は、当たり前だけど、僕たちが進めていたすべての計画を白紙に戻すよう指示してね。僕は、昨日から、そのことで翻弄《ほんろう》されっぱなしさ」

「なるほど」

状況を呑《の》み込んだアシュレイが、「だが」と歯に衣着《きぬき》せずに尋ねる。

「今後の治療費が浮いたのはわかるが、それ以前の問題として、フィッツロイ家の事業が傾いていたのは事実で、それは父親が退院したくらいではとうてい埋められる穴でもないだろう。それなのに、ここまでお膳立《ぜんだ》てした売り立てをすべて中止にするというのは、ちょっと大胆すぎやしないか？」

「そうなんだよ。僕も、そう父に言ったんだけど……」

アダムが、困惑気味に応じる。

「父は頑として聞き入れず、なぜか『心配ない』の一点張りで」

「へえ」

そこで少し考え込んだアシュレイが、「ということは」と推測する。

「お前の父親には、どこか金を借りる当てがあるのかもしれないな。——そんな奇特な人間がいるとも思えないが」

「うん。たしかにないと思う」

苦笑して認めたアダムが、「それで、僕も」とおかしなことを口走った。

「もしや、父が昔ちらっと話してくれた『マクレガー家の隠し財産』が、実は本当に存在するんじゃないかって、バカなことを考えてしまって」

「――『マクレガー家の隠し財産』？」

さすがに初耳だったアシュレイが繰り返すが、その時、関係者用の出入り口がバタンと開いて、アダムの母親らしい人物が彼の名前を呼んだ。

「アダム、ちょっと来て、早く――」

「わかった」

振り返って答えたアダムが、アシュレイのほうに顔を戻して謝る。

「ごめん、アシュレイ。もう行かないと。――でも、そうだ。もしよかったら、今度、今日の埋め合わせとしてうちに招待するから、『ウネン・バラムの書』を見に来ないか。そのほうが落ち着いて見ることができるだろうし、その時に、『マクレガー家の隠し財産』のことも教えるよ」

口早にそれだけ言い、「とにかく」と締めくくる。

「連絡するから。――今日は、本当にごめん」

そうしてアダムがバタバタと立ち去ったあと、肩透かしを食らってかなり不機嫌になっていたアシュレイが、その場に佇《たたず》んだままつぶやいた。

「『マクレガー家の隠し財産』――？」

はっきり言って、「なんだ、そりゃ」の世界である。

それでも、さすがアシュレイであれば、底光りする青灰色の瞳を細めながら、自分なりに情報を補足する。

「まあ、『マクレガー』といえば、『ブラッディ・ウィリー』の異名を持つ、あのマクレガーのことだろうが……」

ただ、その「隠し財産」となると、フィッツロイ家に密《ひそ》かに伝わる話である可能性が高く、外部の人間にわかることはあまりないはずだ。つまり、もっと深く知りたければ、アダムの話に乗るしかない。

中途半端に謎を投げかけるあたり、アダムもなかなか食えない人間ということになりそうだが、おそらく本人はなんの計算もなく、ただ巻き起こる出来事に翻弄されているに過ぎないのだろう。

言い換えると、アダムのまわりで、なにか予測不能なことが起きつつある。

「なるほどねえ」

やや あって不機嫌さを引っ込めたアシュレイが、口の端を歪《ゆが》めて思う。

(たしかに、今日は無駄足だったが、これを本当に無駄足にするかしないかは、俺次第ってことになりそうだ)

アダムの父親であるブランドン・フィッツロイの復活劇。

それが起こったのは、他でもない、落雷の影響でユウリが搬送され、さらにミッチェルのせいで封印されていた地下倉庫の災厄が街に放たれた可能性のある、あの日のことであったという。

となると、これらの連動をただの偶然として片づけてしまうか。あるいは、なんらかの因果関係を見いだしていくか。

その選択によって、結果が大きく変わってきそうな話であった。

(案外、おもしろくなるかもしれないな)

そんなことを思いながら踵《きびす》を返したアシュレイは、他の競売品の展示を見ながら手持ち無沙汰《ぶさた》に世間話をしている集団のそばを通り過ぎた。その際、彼女たちの会話が、なんの気なしにアシュレイの耳に入る。

「――子供の誘拐なんて、怖いわねぇ」

「本当に」

「ハムステッドヒースの近くというからには、やはり身代金《みのしろきん》目当てなのかしら?」

「でも、昨今はおかしな人も大勢いるし」

「小さいお子さんのいるご家庭は、気が気ではないでしょうね」

「ええ。――その点、私たちはもう子育ては卒業したし、安心だわ」

どうやら、彼女たちは、最近起きた幼児誘拐事件の話をしているようだ。しかも、対岸の火事として楽しむ余裕すら感じられる。服装などから見て、ロンドンに住む有閑マダムといったところか。

人は、身近に迫らない危険には好奇心を抱きやすい。まして、暇を持て余すおしゃべり好きの人間には、この手の刺激のある話題が必須《ひっす》であろう。

ちなみにアシュレイにしても、事件のことは報道等で知っていたが、特に興味を示してはいなかった。——この瞬間までは。

だが、野生動物並みに勘のいいアシュレイは、タイミングというものにはけっこう敏感であり、ふとした折に意識に滑り込んできた情報を捨て置いたりはしない。そこが常人と彼を隔てている特性の一つであり、本当に頭のいい人間は論理的であり、かつ非論理的なことを決して否定しないものである。

(幼児誘拐事件、ね)

チラッとその集団に視線をやったアシュレイは、そのまま老舗のオークションハウスをあとにした。

5

翌日の夜。

ハートフォードシャーにあるソーントン・アビーを出た車が、雨に煙る暗い田舎道をロンドンに向けて走っていた。運転しているのは、赤茶けた髪を撫でつけ灰褐色のスーツを着たマイケル・ケアードだ。

その遥《はる》か頭上では、先ほどから稲妻があちこちに向けて走っている。

昨日、シモンのところを訪れた彼は、話の途中で「ソーントン・アビーの売却話が白紙に戻る」という驚くべき連絡を受けたため、シモンと別れてすぐにアダム・フィッツロイに電話した。

彼とアダムは、小さい頃、よく一緒に遊んだ幼馴染《おさななじ》みで、当時ソーントン・アビーで開かれた集まりなどにも、マイケルはよく顔を出していたのだ。

電話に出たアダムに理由を尋ねると、父親のブランドンが目を覚まし、実権を取り戻したからということで、慌てたマイケルは、病み上がりのブランドンになんとか面会を申し込み、現在進行中の案件を話す機会を得た。

調べた限り、フィッツロイ家の事業が傾いているのは紛れもない事実で、売却を白紙に戻したところで、遠からず館を売り払う必要が出てくるはずだった。そこで、なんとか自分の事業計画にブランドンを巻き込み、予定どおり幽霊ホテルとして営業する道を模索しようと考えたのだ。

なにせ、マイケルにとって、ソーントン・アビーは憧《あこが》れの場所であった。小さい頃、ソーントン・アビーを訪れるたび、こんなところで暮らせたらどんなにいいかと、いつもアダムのことを羨《うらや》ましく思っていた。

いつか、ソーントン・アビーに住む。

その夢が、今、叶《かな》いそうなのだ。

もちろん、彼にできるのは、幽霊ホテルの支配人か管理人くらいだが、それでも、ソーントン・アビーで暮らせるのであれば、贅沢《ぜいたく》は言えない。あの館に住み、あの館をわが物のように管理する。

それは、考えただけでうっとりしてしまう生活であった。

ただし、それらはすべてソーントン・アビーがあってのことなので、まずはなんとしても、あの館を買わなければならない。

そのために、どうすればいいか。

幸い、ブランドンは、マイケルの話に興味を示した。

そして、話し合いの結果、ソーントン・アビーをマイケルが購入するのではなく、こちらの事業計画を進めるための契約金をブランドンに支払うという形で、最終的に建物の大部分を幽霊ホテルとしてオープンさせる方向で話は進んだ。

おかげで、マイケルにとっては、以前よりも有利な状況になったといえよう。

なぜと言って、もともとソーントン・アビーの購入は一種の賭《か》けで、いちおう相場はあるものの、価格がどこまで跳ね上がるかはその時になってみないとわからないことだったのだが、それを契約金という形にしたことで、当初の予定よりずっと安くすんでしまったからだ。

浮いた分、ホテル経営のほうに潤沢な資金をまわせる。

(ホント、万々歳じゃないか——)

ブランドンに会うまでは、お先真っ暗で絶望しかけていたマイケルだったが、今は肩の荷がおりて踊りだしたい気分だ。雨さえ降っていなければ、本当に車を路肩に停《と》めて牧草地で踊っていたかもしれない。

だが、残念ながら、風雨は激しく、雷鳴もすごい。

完全に嵐《あらし》である。

(最近、多いなあ)

暗さと窓を叩く雨で前がよく見えなかったが、車の往来の少ない道であるため、彼はスピードを緩めず軽快に車を飛ばしていく。

そして、思考は会ってきたばかりのブランドンに向いた。

(それにしても、彼、病み上がりということもあって、すごいやつれていたな)

目のまわりが黒く落ちくぼんでいたため、一瞬、黒縁の丸眼鏡をかけているのかと思ったくらいだし、なんとなく、話していて妙になにかを渇望するような、鬼気迫る印象があった。

(変な話、血に飢えた狼《おおかみ》みたいな……)

首からさげていた動物の爪《つめ》のようなものが、その印象を増長したのだろう。

(やっぱり死にかけて、少し変わってしまったのかもしれないな)

アダムの話だと、退院してからこの方、今はほとんど使われなくなっている最上階の一室に籠《こ》もり、家族とはほとんど交流しなくなっているらしい。だから、たまに書斎で見かけて驚くことがあり、その神出鬼没さも含め、まるで父親の幽霊と暮らしているようだと話していた。

たしかに、昔からいろいろと厳しい人ではあったが、以前は、遊びに行った時など、子供たちを集めて怪談話をしてくれたり宝探しゲームをしてくれたりと、優しいところもたくさんあった。

それを思うと、本当に人が変わってしまったみたいである。

(それに、子供といえば、気のせいか、子供の泣き声がしたような……)

だが、今現在、あの家に小さい子供はいないはずだ。

ひんやりと冷たい印象だった相手のことを考え、マイケルは小さく笑う。

(なーんて、本当に幽霊だったりして)

あるいは、なにかに取《と》り憑《つ》かれているとか。

だが、だとしたら、マイケルがどうにか取りつけた今回の契約も、葉っぱかなにかに書かれた空《むな》しいものになってしまいかねない。

(やっぱりそれは困るから、幽霊説はなしだな)

そんなことを考えながら運転していた彼の目の前を、その時、なにかが過《よぎ》った。

「うわっ‼」

稲妻の閃光《せんこう》に浮かび上がったそれは、トラか豹《ひょう》のような大きなネコ科の四足動物で、なぜそんなものが突如現れるのかわからないまま、彼はびっくりして声をあげ、さらにハンドルを大きく左に切る。

とたん。

ふわっと。

車が水たまりの上を滑り、そのまま藪《ブッシュ》を乗り越えて人工池の上に飛び出した。

「うわあああああああ‼」

突如、目の前に迫った暗い水面《みなも》。

マイケルは、とっさにハンドルから手を離して顔をかばうように覆った。

次の瞬間、車が音を立てて池に突っ込み、あっという間にフロントガラスが水の中に沈んでいく。

「ヤバい、ヤバい」

パニックに陥ったマイケルは、窓を開けて外に出ようとするが、衝撃で膨らんだエアバッグに阻まれてうまく動けない。それでもなんとか取っ手に手をのばしてドアを開こうとしたが、水圧がかかっているのか開かず、何度もガチャガチャと押しまくる。

それでも、開かない。

開かないのに、どこからか濁った水が大量に車内に入り込んできて、彼の焦りは最大限になる。

「どうしよう、どうしよう」

無我夢中でドアを叩き足で蹴《け》るが、やはり開かない。

気づけば水は天井近くまで迫り、もうほとんど隙間《すきま》はない。

「――助けて」

首を伸ばしてかろうじて息を吸いつつ、マイケルは絶望的に叫んだ。

「頼む、誰か、神様――」

だが、開いた口にも水が流れ込み、彼の顔が水中に没する。最後に死に物狂いで手足をバタバタと振りまわすが、動きは緩慢なものにしかならなかった。

なすすべもなく口からごぼごぼと泡が出ていき、やがて――。

死。

マイケル・ケアードは、車ごと人工池に落ち、そのまま命を失った。

そんな彼を呑み込んだ水面が、雨に叩かれ続ける。

さらに、ピカッと稲妻が暗闇《くらやみ》を切り裂き、人工池に雷が落ちた。沈んだ車体の金属に誘導でもされたか。

すると――。

それからしばらくして、マイケルの命を奪った人工池に小さな泡が浮かんできた。それは、すぐにコポコポと無数の泡となり、ほどなくしてザザッと音をあげながら一人の男が姿を現した。

赤茶けた髪は乱れ、灰褐色のスーツはすっかり水浸しになっている。

それは、どこからどう見てもマイケル・ケアードであった。たった今、死んだはずのマイケルが、人工池の中から蘇ったのだ。

ただし、姿は間違いなく彼であるのに、光を失ったうつろな瞳にマイケル・ケアードの魂が宿っているようには見えず、どこか不遜《ふそん》な顔つきも彼らしくない。

明らかに、別人だ。

そうして、まるでゾンビのように人工池から出てきたマイケル・ケアードもどきは、岸にあがると、そのままどこへともなく歩き去った。

第三章　復帰騒動

1

その日、ミッチェルは一週間ぶりくらいに「アルカ」に足を踏み入れた。もちろん、オーナーであるアシュレイに許可を取ったうえでのことである。

解雇されたものの、彼が仕入れた骨董類《こっとうるい》はまだ店に展示されたままであったし、馴染《なじ》み客たちからミッチェル宛《あ》てに問い合わせが入ったりしていたため、その要望に応《こた》える形での臨時復帰だ。

他に人のいないひっそりとした店内で、照会のあったものを展示ケースから取り出しながら、ミッチェルは「あわよくば」と考えていた。

（この流れで、解雇がうやむやになってくれたらいいんだけどな……）

正直に言って、彼の人生の中でもここまでアシュレイと密に接するのは初めてで、改めて彼の性格の複雑さを実感している。よく言えば「奥が深い」し、悪く言えば「面倒くさい」人間だ。

(加えて、そこにフォーダムなんてややこしい存在もあるし)

もともと、ミッチェルの理想は、この店を自分とアシュレイの二人で引き継ぐことであった。もちろん、その際は、この店が抱える秘密も引き継ぐことができると期待していたのだが、蓋《ふた》を開けてみたら、「ユウリ・フォーダム」なる伏兵がひょっこり登場し、ミッチェルは店には関《かか》われても、この店が抱える秘密からは締め出されてしまった。

まさに、蚊帳《かや》の外である。

つまり、ミッチェルにとって、ユウリの存在は目の上のたんこぶであり、その存在さえなければ、万事がうまくいくはずなのだ。それで、当初はなんらかの事情でユウリがいなくなってくれるのを密《ひそ》かに願っていたのだが、どうしたことか、気づけばユウリをかばって自分が解雇されるという事態に陥っていた。

(おかしいな)

こんなはずではなかったのに、ミッチェルは自然とユウリに手を差し伸べるようになっていた。

少し前に起きた、ユウリの有休取得のいざこざの件だってそうだ。考える前に、ユウリを後方支援する形で発言をしていた。

（……まあ、あれはアシュレイが非道すぎて、本来の正義感がうずき、見て見ぬふりができなかったというのはあるんだけど）

それにしても、だ。

あの時、口をはさまずにいれば、もしかしたらユウリとアシュレイの関係にひびが入ったかもしれない。そうなれば、ユウリも居づらくなり、みずから退職を願い出た可能性もある。

だが、そこまで考えたところで、ミッチェルは自嘲《じちょう》する。

（いや、ないな。――あの子が、アシュレイを毛嫌いしたり、嫌がらせに耐えられなくなって辞めるなんてことは、ないだろう）

吹けば飛びそうな外見からは想像できないくらい、根性の据わった青年だ。

それに、ミッチェルに対するのとは違い、アシュレイがユウリを手放したりしないことは、誰が見ても明らかだ。そうでなければ、とっくにシモンがその手にしっかり抱え込んでいただろう。

（結局、一番の謎《なぞ》は、フォーダムかもしれないな）

その考えがどれくらい危険であるかを意識せず、ミッチェルは店の奥の黒い扉にチラッと目をやった。

ユウリが病院に搬送されたあの日。

連絡を受けて駆けつけたユウリの母親と付き添いを代わって店に戻ったら、すでに地下倉庫へと向かう扉は閉じられ、あろうことか、上から横板が打ちつけられていた。まるでそうでもしないと、そこからなにかとんでもないものが飛び出してくると恐れているかのようである。

それを見て、ミッチェルはその場にいたアシュレイに言った。

「なにも、そこまでしなくても……」

それに対し、アシュレイは真顔で一言。

「――クビ」

と告げた。

解雇通告だ。

もちろんミッチェルは猛抗議し、さらに今まで溜《た》まっていた鬱憤《うっぷん》も爆発させたせいで、しばらくはかつてないほどの激しい言い合いになったが、結局聞き入れてもらえず、今に至っている。

現在は、見目の悪かった横板は取り外され、扉そのものは以前と変わらない状態に戻っていたが、一つ違う点は、そこに「いかにも」といった風情のアンティークの南京錠《ナンキンじょう》が取りつけられていることだった。

メッセージは明白である。

この扉、開けるべからず――。

契約書で禁止したくらいではミッチェルのことを完全には抑制できないとわかり、物理的に入れないよう強硬手段に出たのだ。もっとも、アンティークで見目がよい分、鍵《かぎ》がなくても錠前を外すのは可能だろう。そのあたり、本気で鍵をかけるというよりは、そこに込められたメッセージが重要なのだ。

（つまり、僕は今、アシュレイにまったく信用されていないってことだよな……）

そのことは、かなりショックだった。

時間をかけて地道に関係を築き上げてきた成果として、アシュレイと自分には、他の人たちとの間にはない信頼関係が育《はぐく》まれていると自負していたからだ。それなのに、今回の件で、その信頼関係は完全に瓦解《がかい》してしまったらしい。

（でも、そんなのってありか？）

扉の前に移動したミッチェルは、遣《や》る瀬《せ》なく思う。

これは口論の中でさんざん主張したことだが、あの時は緊急事態だったし、地下倉庫に足を踏み入れたとしても、暗くてあの場所のことはほとんどわからなかった。それは、懐中電灯を持って地下におりた救急隊員とて同じだったろう。棚が入り組んでいるせいか全体を覆い尽くす暗さに難儀し、とにかくユウリを運び出すことに終始したのだ。

だから、結果として、秘密は守られた。

ミッチェルにとって、いまだ地下倉庫は謎のままだ。

それなのに、アシュレイは頑《かたく》なにミッチェルの復帰を拒んでいて、今回連絡を取った際も、ひやりとするくらい淡々とした受け答えだった。

（やっぱり、さすがに新しい就職先を探し始めたほうがいいのかもしれないな……）

コネクションならいくらでもある。ミッチェルは、こういう時、友人を頼ることにさして罪悪感を覚えないし、むしろ大いに利用してやろうと考えるくらいだ。

持ちつ持たれつ。

それが、彼が人間関係を築くうえでの基本であった。

（あるいは、ベルジュの提案に乗ってしまうとか……？）

その誘惑も、なかなか大きい。

「だいたい、いったいどこで、こんな紋章入りみたいなかっこいい南京錠を見つけてくるんだよ。明らかに嫌みだ」

骨董として売り物にしてもいいような南京錠に手にやってつぶやいていると、ふいに外で雷が鳴った。

ドキリとしたミッチェルが、通りに面した窓に視線をやる。

（……最近、本当に雷が多いな）

一時的なものまで含めたら、ほぼ連日といってもいいくらい雷雨になっている。

すると、今度は頭上でカランとベルが鳴り、来客の存在を知らせた。今日は通常営業ではないので、表の扉に「オープン」の札はさげていなかったが、照会のあった客のために鍵は開けておいたのだ。

時計に視線を移すと、まだ約束の時間よりかなり早いようであったが、ミッチェルに会いたいがために、馴染み客が早く着いてしまった可能性は十分にあり得る。

(この雨だしな)

今日は大盤振る舞いでお茶でも出しながらゆっくり接客しようかと思っていたが、予想に反し、現れたのは見たことのない男だった。

赤茶けた髪を撫《な》でつけ、少しよれた灰褐色のスーツを着ている。

だが、なにより印象深いのは顔の真ん中を占める黒縁の丸眼鏡で、なぜかそこにばかり目がいってしまって、他の特徴が頭に入らない。それは、人の様子を観察し個人を特定するのに長《た》けたミッチェルには、珍しいことであった。

「――あ、すみません」

ミッチェルが声をかける。

「事情があって、今日は休業なんですよ」

その声が聞こえたのかどうか。

男が、抑揚のない声で告げた。

「こちらで、わが主《あるじ》の落とし物を預かっているはずなんだが？」

「落とし物ですか？」

踵《きびす》を返したミッチェルは、記録を調べるために事務机の前に移動した。商売をしていれば、客の落とし物なんかはそれなりに拾うこともあり、それらを管理するための台帳も用意されている。

取り出した台帳をめくりながら、ミッチェルが尋ねた。

「だいたいいつ頃のことか、おわかりになりますか？」

「ちょっと前だ」

ミッチェルがかすかに苦笑する。見当をつけるうえで、その「ちょっと」が重要になってくるのだが、それくらいでは苛立《いらだ》つことなく、彼は尋ね返した。

「ちょっとというと、一週間くらいでしょうか？」

「わからないが、雷の落ちた日であるのは間違いない」

「雷……ですか」

今しがたも思ったように、ここしばらくは毎日のように雷が鳴っているので、相手の言うことはあまり参考にならない。

ただ、それでも、ユウリが病院に搬送された日以前は、雷雨になったという明確な記憶がないので、落雷がこの男の印象に残っているのだとしたら、やはりここ一週間くらいの話であろう。しかも、そうなった場合、この店が開いていたのは、それこそユウリが病院に搬送されたあの一日限りであるので、調べるべき日にちは限定される。

そこでページをめくったミッチェルが、言う。

「申し訳ありません、その日あたりだと、特に落とし物の記録はないようですが……」

さらに顔をあげながら、「ちなみに」と肝心なことを尋ねる。

「なにを落とされたのでしょう？」

だが、その時、男はなにかの匂《にお》いでも嗅《か》ぐように少し鼻を上に向けてよそを見ていて、こちらの言うことにはまったく耳を傾けている様子がなかった。そのことを証明するかのように、男が言う。

「ここを、『ノオツユムチャクに従うもの』が通っただろう？」

「え、『ノオ……』？　今、なんとおっしゃいました？」

とっさに聞き取れなかったミッチェルが訊き返すが、相手は繰り返すことはせず、「あるいは」と言った。

「ジャガーが、この場に爪《つめ》を立てたか……」

「ジャガー……」

いったいなんのことであるのか。

さすがに対応に困ったミッチェルがどうしようかと悩んでいると、こちらに顔を戻した相手が短く言う。

「『鳴り物《ザ インストゥルメント オブ サウンズ》』だ」

「は？」

今度もあまりに唐突で、なんのことを言っているのかわからなかったミッチェルが困惑するのに対し、男が簡潔に言い添えた。

「わが主の落とし物――」

「ああ、なるほど」

納得したミッチェルが、「『鳴り物《ザ インストゥルメント オブ サウンズ》』……」と言いながらひとまず台帳に目を落とし、首を傾《かし》げながらふたたびつぶやく。

「『鳴り物《ザ インストゥルメント オブ サウンズ》』……？」

それは、いわゆる『楽器《ミュージカル インストゥルメント》』とは違うのか。もっとも、楽器にしたって種類が豊富過ぎて、見つけるためには具体性に欠けている。これでは、探すにしても探しようがない。

ややあって観念して顔をあげ、「あの」と問い直す。

「『鳴り物《ザ インストゥルメント オブ サウンズ》』というのは……？」

だが、顔をあげたところに男の姿はすでになく、ミッチェルはキツネにつままれたような気分でその場に立ち尽くした。

2

「奇妙な客……？」

商談用のソファーに居丈高に座ったアシュレイが、ミッチェルからコーヒーカップを受け取りながら訊き返した。

「って、どんな奴《やつ》だ？」

先ほどのおかしな客が去ってすぐ、ミッチェルは約束していた馴染み客の応対をする必要があって、しばらくはその客のことを頭から追いやっていたのだが、夕方、アシュレイが店の様子を見に来た時に思い出し、その話を彼にしてみたところである。

その裏には、アシュレイとの関係修復を試みるという彼なりの思惑があってのことだったが、案の定、最初は挨拶《あいさつ》もなく冷淡だったアシュレイが話に興味を示し、少しだけ態度を軟化させた。

ミッチェルが、ここぞとばかりに謎めかせて応じる。

「それが、これも僕としてはかなり不思議なんだけど、黒縁の丸眼鏡をかけていたことしか印象に残っていなくて」

とたん、眉《まゆ》をひそめたアシュレイが嫌みたっぷりに言う。

「たしかに、珍しいな。——まさか、ぼけやすい家系なのか？」

「違うよ」

否定したあとで、自分もコーヒーカップを持ったままソファーに腰かけつつ、ミッチェルが小首を傾げる。

「たぶん、違うと思う。両親はぼけていないし、祖父母もたしかぼけてない。——て、そんなことはどうでもよくて」

アシュレイの軽口に適度に乗りつつ、彼は続ける。

「落とし物だよ。表現の仕方が間違っていたけど、たぶん、楽器の類《たぐ》いだと思うんだ」

「——楽器の類い？」

いぶかしげに繰り返したアシュレイが、指摘する。

「またずいぶんと大雑把だな。そいつは、わざわざ落とし物を探しに来ておきながら、具体的なことをお前に言わなかったのか？」

「そう。——とにかく変な客で、楽器とも言っていないんだ。楽器ではなく、えっと、なんて言ったっけ。たしか『音の出るもの』的な言いまわしで……」

そこで少し考え込んだミッチェルが、思い出せなかったのか「とにかく」と言う。

「君もあの日、店に入っただろう。——カスタネットとか、ギターのピックとか、なにかそれらしいものを拾ったりしてないか？」

「ない」

「早っ。――って、もう少しよく考えてみてくれよ」

「なぜ?」

本気でわからないかのように応じ、アシュレイは傲然《ごうぜん》と言い添えた。

「『楽器の類い』なんて変なもんを拾ったか拾ってないかなんて、わざわざ考えるまでもなく明白だろう。そんなことにいちいち頭を使う必要がどこにある?」

「まあ、そうだけど、――なら、絶対に拾っていないんだね?」

「しつこい」

一言で片づけたアシュレイが、「そもそも」と言う。

「あの日は、客が来られるような状況でもなかっただろう」

「そうだけど、午前中は至って平穏だったたし、その時に来た誰かが落としたのかもしれないだろう。それこそ珍しく、朝から二、三人、客が来ていたし」

「その中に、『わが主』が紛れていたと?」

その口調は、いささか揶揄《やゆ》した感じだ。

さもありなんで、ミッチェルの語った内容はどことなく現実味を欠いていて、オカルトに造詣《ぞうけい》の深いアシュレイだからこそ、そのへんに転がっているような怪談話をそうそう信じる気にはならないのだろう。

要するに、今のところ、半信半疑ということだ。

アシュレイの心情を察したミッチェルが、「まあねえ」と応じる。

「たしかに『わが主』なんて時代がかった言いまわしだけど、使用人が変な奴だったからといって、主人まで変とは限らないし、なにより台帳に書かれていないということは、フォーダムは拾っていないということだから」

言い換えると、ユウリが拾っていれば、必ず台帳に記入したはずだと主張している。

それに対し、底光りする青灰色の瞳《ひとみ》を疑わしげに細めたアシュレイが、「どうだかね」と言い返した。

「俺からしたら、あいつの間抜けぶりとナマケモノぶりは、他に類を見ないレベルだからな。落とし物の十や二十、間違いなく書き忘れるし、記憶からも抜け落ちる」

「そんなことないって。それは、過小評価というものだよ。――彼は真面目だし、自分の仕事はきちんとこなす」

「だとしても、あいつの場合、有無を言わさず記憶から抜け落ちる可能性も……、ああ、なるほど」

話しながら考えを変えたように「そっちか？」とつぶやいたアシュレイを見て、ミッチエルは「なにが？」と問いかけるが、その時、テーブルの上に置いてあった彼のスマートフォンが電話の着信音を響かせたため、そっちに意識が向く。

とっさに発信者を確認したミッチェルだったが、そこに表示された名前があまり好ましいものではなかったため、無視して話を再開させようとするが、顎《あご》でスマートフォンを示したアシュレイが、短く「電話」と言ったので、仕方なく出ることにした。

相手は、この前、カフェで会ったダグラス・パーカーである。

「やあ、パーカー」

軽く挨拶したミッチェルは、電話の向こうでまくしたて始めた相手を遮る形で、「申し訳ないけど」と言う。

「ソーントン・アビーの話なら、また今度聞くよ。――え、投資した相手がトンズラしたかもって？　それはなんともご愁傷様な話だけど、……へえ、そうなんだ。うん。そうなんだね。――うん、でも今、僕はとても忙しいんだ」

それから相手が息を継いだ隙《すき》をついて、「だから、切るよ。悪いね」と言って、なかば強引に電話を切ってしまう。

そもそも、ミッチェル自身は危ないと思っていた投資話の結末であれば、ゴシップ的な興味はあっても、こんな時にわざわざ時間を割いてまで聞きたいものではない。この前は久しぶりに会ったから聞く気になったが、今は違う。

だから、電話を切ってホッとしていると、ふいにアシュレイが尋ねた。

「ソーントン・アビーがどうしたって？」

驚いたミッチェルが、とっさに言う。

「――聞いていたんだ？」

「嫌でも、聞こえる」

「にしたって、さ」

体裁というものがある。

目の前で交わされた会話であれば「盗み聞き」とは違うのだろうが、良識のある大人なら聞かなかったふりをするのがマナーというものだ。

もっとも、百戦錬磨のアシュレイに絶対的に欠けているものをあげるとしたら、それはまさにその「良識」や「マナー」であるため、小さく諦《あきら》めの溜息《ためいき》をついたミッチェルが仕方なく答えた。

「友人が投資に失敗してね。――でも、『幽霊ホテル』の経営に興味がなければ、他に君の興味を引くような要素はどこにもないよ」

「悪いが、あんたに俺の興味のあるなしを判断できるとは思わないし、いいか、ミッチ。わかっていると思うが、俺が質問したことには、疑問を挟まず素直に答えておいたほうが身のためだぞ。――特に、あわよくば、この店での仕事の復帰なんて調子のいいことを目《も》論《く》《ろ》んでいるなら、なおさらだ」

呆れるほど高飛車で高慢な言いようであったが、慣れているミッチェルは片眉をあげて訊き返す。

「それは、いちおう、君の中に、僕の復帰を検討する余地があるということかい？」

「さあ？」

そこは明言せず、「ただ」と応じる。

「可能性を自分で潰《つぶ》すなと言っている」

「――わかったよ」

なんとも天《あま》の邪鬼《じゃく》な言いようであったが、どうやらまだ希望はありそうだと知ってホッとしたミッチェルが、「だけど、本当に」と念を押す。

「時間の無駄になりそうなバカバカしい話だから覚悟してほしい。――というか、聞いたあとで、無駄話を聞かせたから復帰はなし、というのだけは勘弁してくれ」

「うるさい。つべこべ言わず、話せ」

手を振るようにして言われたので、ミッチェルが話し出す。

「それが、ハートフォードシャーにあるソーントン・アビーという館《やかた》が売りに出されることになって、ある人物が、出資金を募ってそこを買い取り、幽霊ホテルにするという事業計画を練り上げたんだ。――というのも、そのソーントン・アビーには幽霊が出てもおかしくないような過去があるからで、昨今のオカルト・ブームもあって、友人は、その事業計画に未来性を感じて投資したんだよ」

そこで一息つき、ミッチェルは「だけど」と続けた。

「今の電話の話だと、ここに来て、突如ソーントン・アビーの売却話が白紙に戻ってしまったらしく」

話の途中で、アシュレイが小さくつぶやく。

「へえ。そっちもか」

なにが「そっちも」なのか。

気になりつつ、ミッチェルは続けた。

「それを知った友人は、慌てて、その出資金を募っていた男に連絡を取ろうとしたそうだけど、いっこうに連絡がとれずにどうしようって。——そんな話、僕にされても困るんだけどさ」

大金持ちの友人ならいざ知らず、しがないサラリーマンのミッチェルに泣きつかれたところで助けようがない。

もっとも、パーカーのほうでも、そんなことははなから期待していなくて、深読みするなら、彼自身はその大金持ちの友人と親しく話すことはないので、仲よしのミッチェルになんとか間を取り持ってほしいと密かに願っていた可能性は高い。

もちろん、ミッチェルに間を取り持つ気などさらさらない。友人にこの話をするとしたら、酒のつまみとして楽しむためだ。

そこで、ミッチェルが締めくくる。

「僕にわかるのはそれくらいだけど、なにか参考になったかい？」

「まあな」

さして喜んだふうでもなく、かといって怒った様子もなく応じたアシュレイが、「ということで」と無情にも宣告する。

「用事がすんだら、とっとと帰れよ」

「――はいはい」

どうやら復帰話ができるのは、まだ少し先のことらしい。

3

（遠雷が……）
気づいたら、その音が彼の耳から離れなくなっていた。
ゴロゴロゴロ
ゴロゴロゴロ
間隔を置いて響いてくる雷鳴。
それと同時に、なにも思い出せないもどかしさがずっと彼に付きまとっている。自分の名前もそうであるが、なにより、あの青年の名前が思い出せなかったことがつらい。

絶対に忘れてはいけない名前なのに、思い出せない。

白く輝く金の髪。

南の海のように澄んだ水色の瞳。

ギリシャ神話の神々も色褪《いろあ》せるほどの美貌《びぼう》は、一度見たら忘れられないものである。

実際、顔はわかったし、その人物が、自分にとってとても大切な存在であることもわかった。

ただ、どうしても名前が思い出せないのだ。

(どうして――)

思い出せないのか。

早く思い出して、あの優美な青年を安心させてあげないといけない。――そう思えば思うほど、記憶がないまぜになって、なにもわからなくなっていく。しかも、思い出そうと必死になっている彼のそばでは、誰かがずっとあれこれ語りかけてくるから、気が散って仕方ない。

　声は言う。

――大事なのは循環だ

（循環……？）
彼は考えた。
循環というのは、どういうことか。
（なにかが去って、また巡りくる？）
だとしたら、彼自身も巡り巡って出逢《であ》ったのだ。
（——誰と？）
もちろん、あの青年だ。
だからこそ、あの青年の名前を思い出す必要があるのに、声はさらに言う。

——それなのに、時が経《た》つうちに彼らはその意味を見失ってしまった
——血は、なんのために流されたのか？
——ジャガーの爪に、用心せよ

（ジャガーの爪……）
その一瞬、彼の記憶がシャッフルされ、いくつかの映像がその中から浮かび上がってきた。

（爪。……そうだ。あれは、なにかの爪だったのかもしれない。……ジャガー？）

だが、あまりに断片的過ぎて、明確な形を描き出さない。

（でも、爪がなんだというのだろう……？）

声は続けた。

——過ちが正されなければ、無益に血は流され続ける
——ゆえに、アレに思い出させよ

（そうだ、早く思い出さないといけない——）

最初に戻って、彼は考える。

早く思い出さないといけないのだ。そのためにも、横からごちゃごちゃ言わないでほしいと切に願う。

（早く、思い出さないと）

これ以上、傷つけないために。

血が流されないために。

（血。——いや、違う）

なにかがおかしい。

(血?)

彼は、ふたたび混乱する。

(血が、なに?)

そうではなく、彼は思い出さないといけないのだ。

なにかを。

澄んだ水色の瞳に浮かんだ悲しみ――。

絶対に傷つけたくないと思っている相手を、みずからの手で傷つけてしまった。そのことが、彼は許せない。

(思い出さないと――)

それと。

(なんだっけ?)

彼は、思う。

大地から海へ。

海から空へ。

循環する魂が、黒く淀《よど》んだ澱《おり》のようなものを彼方《かなた》に見る。

(……ああ、そうだ。用心しないといけない)

だけど、なにに用心するべきであったのか、彼は思い出せなかった。それよりも、ずっと切羽詰まって思い出したいことがあったからだ。

(名前を——)

やがて、ゆっくりと目を覚ました彼の前に、その人物がいた。とてもよく見知った、大好きな顔だ。

そうして、彼は、ようやくその名前を思い出す。

「——シモン」

とたん、心配そうだった顔に笑みが広がり、シモンが彼の名前を呼び返した。

「ユウリ。よかった。記憶が戻ったんだね?」

「うん」

病院のベッドの上で身体を起こしたユウリが、漆黒の瞳を翳《かげ》らせて謝る。

「ごめん、シモン。あの時、名前を思い出せなくて」

「なにを謝ることがあるんだ。——君は頭を打って記憶が混乱したんだ。だから、なにも気にする必要はない」

「でも、シモンの名前だけは忘れたくなかったのに」

あの時、シモンの瞳に浮かんだ悲しみを、ユウリは忘れられない。たかが名前を忘れただけだが、「されど」である。

より深く互いを心に受け入れているからこそ、相手のなんてことない振る舞いにも傷を負ってしまう。でも、だからと言って、自分の心を守るために、相手を自分の中から追い出そうとは思わない。

それくらい、二人は互いのことを大切に思っている。

シモンが、「たしかに」と認めた。

「正直な話、かなりドキリとはしたし、ショックも受けたけど、そんなのは僕の弱さが露呈されただけのことで、こうして思い出してくれたんだから、大丈夫。なべて世はこともなしだし、本当にホッとしたよ、ユウリ」

「そうだね。僕も、思い出せてよかったって思っている。——それに、なんか即物的で申し訳ないんだけど、いろいろ思い出したとたん、空腹という感覚も思い出したみたいで、すっごくお腹《なか》が空《す》いた」

「へえ、いいね。健康な証拠だ」

嬉しそうに受けて立ちあがったシモンが、「それなら」と言う。

「売店で、なにか買ってくるよ。——たぶん、医者に言えば、すぐにでも退院の許可をくれるはずだけど、まずは、そのグウグウ鳴り始めたお腹をどうにかしてあげたほうがよさそうだから」

なかば笑いながら言ったシモンが、「ああ、そうそう」とユウリのスマートフォンを取りあげて付け足した。

「それで、君は待っている間、ご両親にメールをしてあげるといいよ。——実は、さっきまで、君のおかあさんがここにいらしたんだけど、いったんクリスの様子を見に戻るというので、僕が交代したんだ」

「そうか」

その際、美月は少し気になることを口にしていた。

どうやら、フォーダム家のまわりを、黒縁の丸眼鏡をかけた不審な男がうろついていたと近所の人が教えてくれたらしい。それで、急にクリスのことが心配になったと話してくれたのだ。

もっとも、目覚めたばかりのユウリにその話をする必要はなく、シモンは、スマートフォンを操作し始めた友人を残し、ひとまず病室を出ていった。

4

週明け。

「アルカ」に復帰したユウリを迎えたのは、そこにいるはずのミッチェルではなく、珍しく午前中から顔を見せていたアシュレイだった。入り口にはまだ「クローズ」の札がかかっているからいいものの、相変わらず商談用のソファーにわが物顔で座り、接客しようという意思は微塵《みじん》も感じられない。

「あれ、アシュレイ?」

拍子抜けしたユウリは、店内にキョロキョロと視線をさまよわせながら続ける。

「バーロウは?」

おそらく自分が倒れたことでいちばん迷惑を被《こうむ》ったのはミッチェルであると思い、ユウリは出勤したら真っ先にお詫《わ》びとお礼をしようと、わざわざ彼のために菓子折りまで持参したのだ。

それなのに、そのミッチェルがいないとは——。

だが、ユウリの問いかけには答えず、アシュレイは手にしたタブレットを置いてソファーから立ち上がりながら言う。

「ようやくのお出ましか。ナマケモノが仕事をする気になったとは、めでたい限りだな」

「ああ、えっと」

天の邪鬼な言い回しではあるが、これでもきっとユウリの回復を寿《ことほ》いでくれているのだと判断し、礼を言う。

「ありがとうございます」

「——は?」

ユウリの前に立ち、腰に手を当てて居丈高に見おろしたアシュレイが心外そうに言う。

「礼を言われるようなことは、一つも口にしていないが」

「あ、そうなんですね」

「当たり前だ。せっかく頭を打ったというのに、その能天気さは変えられなかったってわけだな」

「……はあ」

どうやら嫌みは嫌みであって、復帰を喜んでくれていたわけではなさそうだ。

やはりアシュレイはアシュレイだと思い直したユウリは、ミッチェルに対して言うつもりだった挨拶を、遅ればせながら口にする。

「それはそれとして、このたびは、いろいろとご迷惑をおかけしてすみませんでした」

「まったくだ」

お詫びについてはあっさり受け入れたアシュレイが、ユウリがケガしたばかりであるということには気遣いを見せずに、「だから」と強調する。

「そのツケは、きっちり払ってもらうからな」

「わかっています」

素直に応じたユウリが、黒い扉についている南京錠に目をやって訊く。

「それはそうと、新しい錠前をつけたんですね？　——新しいっていうか、むしろ古そうというべきか……」

紋章のようなレリーフが入ったアンティーク調の錠前は、なんともこの場の雰囲気に合っていて、しげしげと眺めたユウリが続けて訊く。

「もしかして、バーロウが選んだんですか？」

「だとしたら、笑える」

皮肉げに応じたアシュレイが、「子供は」と言う。

「入るなと言うと入るというのが、よくわかったからな。――ほら、これが鍵だ」

「ああ、はい」

「とりあえず、ミスター・シンに頼んで扉に新たな封印だけは施してもらったが、あとはそのままにしてある。わかっていると思うが、年寄りにあれやこれや、面倒な片づけをさせるのは酷だからな。それと、言ったようにツケは自分で払わせるのが俺のモットーだ」

ユウリが、「もちろん」とうなずいた。もとより、どんな危険があるかわからない状態にあるモノを、他人任《ひとまか》せにするユウリではない。

あの時、ユウリは気を失ってしまってはっきりとは覚えていないが、間違いなくいくつかの封印は破られてしまったはずで、そこから漏れ出した瘴気《しょうき》のようなものが、地下倉庫に充満している可能性が高い。

ゆえに、ここから先は気を引き締めてかかる必要があった。

「これから下におりて、片づけてきます」

言い置いて、さっそく地下倉庫に一人で向かおうとしたユウリの後ろを、なぜかアシュレイがついてきた。

「——え？」

振り向いたユウリが、びっくりして尋ねる。

「アシュレイも、一緒に来る気ですか？」

「悪いか？」

「いや」

悪くはないが、今の段階では地下倉庫がどういう状態にあるか、ユウリにも見当がつかない。ゆえに、安全かどうか保証の限りではないのだ。

そこで、念のために言う。

「悪くはないんですけど、正直に言って、下がどうなっているかわからないから、いちおう安全確認が取れるまで上にいたほうがいいんじゃないかと思って。——大丈夫そうなら声をかけますから」

そんな気遣いに対し、上からペシッとユウリの頭頂部を叩いたアシュレイが、「お前は」と告げた。

「まだ記憶喪失中か？」

「いえ」

「なら、俺を誰だと思っている」

叩かれた頭を押さえたユウリが、「えっと」と迷いつつ答える。

「アシュレイ」

「わかっているなら、つべこべ言わずに歩け」

そこで二人して地下倉庫におりていくが、行ってみてわかったのは、その場の状態がユウリの想像より遥《はる》かにいいということだった。

（へえ。瘴気がほとんどない……？）

それはとても意外だったが、だからと言って、単純にもろ手をあげて喜んでいいかどうかはまだわからない。最悪の場合、ミスター・シンが封印を施す前に、瘴気がなにかに移って外に出てしまった可能性もあるからだ。

（だけど、ここにあるのって、ほとんどがモノに憑《つ》いた瘴気だからなあ）

モノへのこだわりが強い分、そのモノがここにある限り、瘴気だけが移ってしまうことはあまり考えられない。もちろん、絶対にないわけではないが、ユウリの想像では、封印が破られてむき出しになった「いわくつきのモノ」が、この場にねっとりとした瘴気を放っているという状況であった。

だが、見る限り、大がかりな浄化が必要なほど、瘴気が溜まることはなかったようだ。

それは、なぜか。

（……なにかが、瘴気を押さえ込んだのかな？）

あたりを見まわしながら、ユウリは考える。

これだけたくさんのモノがあれば、故事にあるような「三すくみ」の状態が生み出されることもあるだろうし、今回、たまたまそのようなことが発生し、大きな被害には至らなかったのかもしれない。

もちろん、調べてみないことにはわからないが、ユウリはひとまずホッとする。

そんな彼の背後では、アシュレイがユウリの感想とは正反対のことを言った。

「本当に、よくぞここまで荒らしてくれたよな」

当然、彼が言っているのは物理的な部分についてである。

事実、目に見えない部分の被害が少なくてすんでいるのに比べ、物理的な部分の被害は大きい。というのも、手前の棚が二つほど倒れていて、そこに置かれていたものが床に散乱しているからだ。さらに、救急隊員が入ったこともあり、床の上が踏み荒らされているのも、被害を大きく見せるのに一役買っていた。

「すみません」

とっさに謝ったユウリが、「でも」と正直な感想を述べる。

「僕が想像していたより、遥かに被害が小さくてすんだかも……」

よくよく見れば、倒れているのは入り口近辺のその二つだけで、奥のほうは無傷だ。棚が三つ、四つと続けて倒れなかったのは、不幸中の幸いだったといえよう。

そんなことをのん気に考えていたユウリに対し、アシュレイが「当たり前だ」と突っ込んだ。

「こんなこともあろうかと、連鎖して倒れないよう棚の配置には気を配っている。ここが迷路みたいになっているのも、そのためだ」

「ああ、そうか。なるほどね」

何度もここに来ていながら、そのことにまったく気づいていなかったユウリがポンと手を打って素直に感心していると、「言っておくが、ユウリ」とアシュレイが呆《あき》れたように告げた。

「お前が、その能天気な頭で『不幸中の幸い』なんて喜んでいることも、この俺にとっては、それなりの予防策が功を奏したに過ぎない」

「——はあ」

たしかに、そのとおりなのだろう。

アシュレイの先見の明は、今に始まったことではない。

首をすくめたユウリに、アシュレイが命令する。

「わかったら、とっととお前のほうの被害状況を教えろ」

「お前のほう」というのは、もちろん見えない部分における被害状況のことで、その報告内容によって、今後の対策を考えようというのだろう。

ユウリが、改めて煙るような漆黒の瞳を倉庫内に向けた。

「そうですね。さほど被害はないみたいです」

「――ない？」

「はい」

うなずいたユウリが、アシュレイの抱いた疑念を察して、「僕も」と付け加えた。

「その点が不思議なんですが、本当に、この場の被害は最小限に抑えられていると考えていいみたいです。――もちろん、壊れたものや封印が破れているものは、一つ一つ封印をし直す必要がありますが、なんというか、本来だったら流れ出ていてもいい瘴気が、そのモノたちの中に収まっているというか、でなければ……」

言葉を探しながら、近くに落ちていた小さな木の人形を拾いあげて続ける。

「そうだな、出るに出られずにいたのかも？」

最終的に、それがいちばんユウリの中でしっくりくる言いまわしだった。

アシュレイが訊く。

「原因は、わかるのか？」

「いえ……」

手にした人形をひとまず棚の一つに仮置きしたユウリは、そう応じつつ、ぐるりと巡らせた視線を最終的に入り口脇《わき》に設置された石棺の上で留めた。それは、切り妻型の蓋をされた石棺で、蓋の両端には天使の像の縁飾り《アクロテリオン》がついている。

この石棺が持ち込まれた理由の一つには、その縁飾りの小さな天使たちが、時おり入れ替わるというのがあげられた。しかも、ユウリが知る限り、彼らは時々しゃべる。ただ、今のところ、その石棺の被害としてはそれくらいであるため、特に封印を施されることなく、むき出しのまま置かれている。

ある意味、自由だ。

(そうか。もしかしたら……)

ユウリは思う。

(三すくみの一つは、これかもしれないな)

考えていると、アシュレイに後頭部をパシッと叩かれた。

「だから、ボケッとするな」

ケガをしたばかりの人間の頭を、そうポンポン叩くというのはいかがなものか。——そうは思っても、変に気をまわされない分、楽と言えば楽で、ユウリは文句を言わずに謝った。

「ああ、すみません」

「とりあえず、わからないなら仕方ない。ひとまず、ここを片づけろ。棚を起こすくらいなら手伝ってやるから」

「ありがとうございます」

実際、そうでなければどうにもならない。

基本的にここへの出入りをアシュレイとユウリに限定するのであれば、この手の作業を自身の手でやるのは致し方ないことであった。それに、アシュレイのことだ。霊的な被害が少ないというのは、ミスター・シンの見立てである程度わかっていて、最初から手伝うつもりでついてきた可能性もある。

そこでユウリは、回復したばかりの身体であるにもかかわらず、アシュレイと一緒にまずは棚を起こすところから始めた。

5

「……イタタタタ」

脇腹《わきばら》のあたりを押さえつつ、ユウリは床の上のモノを拾う。

さすがに力仕事はまだ早かったようで、棚を二つ起こしたら、肋骨《ろっこつ》のあたりが軋《きし》むように痛んだ。とはいえ、骨に響くというよりは、硬くなっていた骨まわりの筋肉などが悲鳴をあげている感があり、医者に行くほどではないと判断する。

とはいえ、痛いものは痛い。

服の上から痛む部分をさすりながら床に散乱していたものをあらかた拾いあげ、一つ一つ丁寧に封印を施してから段ボール箱に入れて棚に戻していったユウリは、最後に空の木箱を取り上げて首を傾げる。

「あれ、なんで空？」

破られた封印の一部がついているので、中になにか入っていたことは間違いないが、その「なにか」がない。

基本、封印されたモノを収めたすべての段ボール箱にラベルが貼《は》られていて、ある程度は外から見ただけで中身を識別できるようになっているのだが、これについては、段ボール箱が踏みつぶされ、さらにラベルが泥で汚れてしまっているので判読不能だ。念のため、汚れを上からこすってみたが、さらに読めなくなっただけである。

「欠片《かけら》も読めないなあ」

ただ、木箱のそばに落ちていた泥だらけの覚え書きは少しだけ判読でき、どうやら中身は「フィッツロイ家」から預かったもののようだった。

もっとも、それがわかったところで、肝心の中身がわからなければ仕方ない。

ユウリが、「だけど」とつぶやく。

「なんか最近、これに触った気もする……」

しだいに蘇《よみがえ》ってくるうっすらとした記憶では、その木箱こそ、ユウリが気を失う直前に手にしていたものであるようだ。ただ、あくまでも「うっすらとした記憶」に過ぎず、中になにが入っていたかまでは思い出せない。

「う〜ん、困った」

言いながら視線をずらすと、ユウリが立っているところから一メートルも離れていない場所に、変な形をした石の造形物が落ちているのが見えた。それは、まさに「造形物」としか言いようのないもので、細い取っ手の上がドラム缶のように膨らんだ円筒形になっていて、表面に突起がたくさんついている。

それを、敢《あ》えて現代の言葉で表現するなら——。

(ガラガラ……？)

いわゆる振ると音が鳴る、アレである。もちろん、現代のガラガラは形状もいろいろで一概にこんなものとはいえないし、これはこれで、石でできたものだから、振ったところで音は出ないはずだ。

それでも、そんな単語がピッタリくる造形物だった。

拾い上げたユウリは、右手に持った木箱と左手でつかんだ「ガラガラ」を見比べて、ふたたび首を傾げる。

封印の破られた空の木箱があり、そのへんでは見かけない、いかにも「いわくつき」といったようなモノが転がっていたのであれば、当然、それが木箱の中身だと考えて然《しか》るべきであったが、いかんせん、大きさが合わない。無理をして入れたら、なんとか収まるとはいえ、違和感は拭《ぬぐ》えない。

(もしかして、なんらかの事情があって間に合わせを使ったとか……?)

ただ、そうだとしても、もしこの空の木箱をユウリが気を失う前に扱っていれば、その印象が残っているはずである。だが、うっすらとした記憶にも、こんなちぐはぐなイメージはなかった。

(やっぱり、あの時に見ていたのは、この木箱ではなかったのかな?)

あるいは、中身がどこかで入れ替わったか——。

(そもそも、なんでこの段ボール箱の中を見ようと思ったんだっけ……?)

そこまで考えて、ユウリは頭を抱えた。

シモンや自分の名前は思い出せても、梯子から転げ落ちる前後の記憶は、依然として曖《あい》昧《まい》だ。

(う〜ん)

いちおう散らばっていた他のモノたちは、ラベルのある段ボール箱のそばにあるか、少しはみ出してはいても段ボール箱と一緒にあったから、あまり迷わずに封印をし直し、そのまま段ボール箱に収めてしまったのだが、まさか、なにかの拍子でこれと入れ替わってしまったのだろうか。

（いやでも、つどラベルの確認はしたし……）

それで言ったら、「石の造形物」というラベルや覚え書きの入っている段ボール箱は、存在しなかった。

（つまり、僕の記憶が曖昧になっているだけで、この空の木箱の中身は最初からコレだったってことか……）

石の造形物を見ながらなんとか自分を納得させようとしたが、やはりどうしても納得がいかなかったユウリは、ひとまずそれを空の木箱に無理やり押し込んでから簡単な封印を施してむき出しのまま棚に置くと、詳細な資料を調べるために、倉庫とは別の出入り口から資料室へと向かう。

パソコンなどの精密機械は電磁波の影響を受けやすいことから、資料室は倉庫とは完全に切り離されているが、それも万全とはいえないため、もととなる古い紙の資料は破棄されず、どこかの倉庫に眠っているらしい。新しい依頼についても同じで、二度手間ではあったが、紙に書かれたデータをパソコンに入力する作業を行う。

そして今回、その二度手間という予防策が役に立ちそうであった。

というのも、資料室でパソコンを立ち上げた結果、先日の落雷の影響か、データの一部が破損し、ユウリが見ようと思っていた資料がすべて文字化けして読めなくなっていたからだ。

「うわ、嘘《うそ》」

パソコンの前で固まったユウリは、慌ててカーソルをあちこちに動かすが、当然、そんなことをしてもどうにもならなかったため、悄然《しょうぜん》として店にいるアシュレイのところに報告に行った。

アシュレイは、話を聞くなりその場で画面を切り替え、データを復元する裏ワザを試してくれたようだが、無駄だった。彼の腕をもってしても、復元できないほど壊れていたのだ。

ややあって、タブレットをソファーの上に投げ出したアシュレイが、「まーったく」と悪態をつく。

「サボることと怠けることだけかと思いきや、問題を大きくすることに関しても、お前の右に出る奴はいないみたいだな」

「――すみません」

データが壊れたのは、なにもユウリのせいではないはずだが、いつもの癖でユウリは謝る。それで調子づいたアシュレイがさらになにか言おうとした時、カランと店の扉が開閉される音が響き、その場にシモンが現れた。

まさに、救世主だ。

「――あれ、シモン？」

驚くユウリに対し、シモンが「やあ、ユウリ」と優美に挨拶する。その際、澄んだ水色の瞳が牽制《けんせい》するように一瞬アシュレイに流された。

「どうしているかと思って、寄ってみた。――君のことだから、復帰第一日目から無理をしているんじゃないかと心配で」

実際、そのとおりだったわけで、当然、ユウリに向けた言葉の裏では、アシュレイに対し「くれぐれも無理をさせるなよ」と警告を発していた。もちろん、聞く耳を持つアシュレイではないが、シモンは「駄目押し」とばかりにユウリを誘う。

「それで、ユウリ。予定を調整したから一時間ほど時間を取れるんだけど、よければ一緒にランチでもどうだい？」

「――行く」

考える前に答えたユウリが、ハッとしてアシュレイのほうを気にするが、ちょうど昼休憩の時間帯だったこともあり、シモンがこれ見よがしにアシュレイに主張する。当たり前だが、その時間を狙《ねら》って来ているのだ。

「もちろん、構いませんよね、アシュレイ？」

「は。――どうせ、俺が駄目と言ったって、お前のことだから、なんやかんや理屈をこねて無理やり連れ出す気だろう」

「まあ、そうですね。――相変わらず、理解が早くて助かります」

シモンの憎まれ口に対し、顔をしかめたアシュレイが犬でも追い払うように手を振って二人を店から追い出した。

6

近くのカフェで食べ物を注文したあと、ユウリが無意識に脇腹のあたりをさすったのに気づいたらしく、シモンが心配そうに尋ねた。

「もしかして、まだ痛むのかい?」

「あ、うん」

慌てて手を離しながら、ユウリが応じる。

「ちょっとね」

「まさか、力仕事なんてさせられていないだろうね?」

その「まさか」であったが、これ以上心配をかけたくなかったユウリは、「大丈夫だよ」と否定とも肯定とも取れる返事をした。だが、もちろん、それくらいで納得するシモンではなく、秀麗な顔をしかめて「やっぱり」と言った。

「まだ、復帰には早いんじゃないかな?」

「そんなことないよ。――それに、これ以上休んだりしたら、バーロウにもっと迷惑がかかりそうだし」

そこまで言ったところで、ユウリが「あ、でも、そうそう」と続けた。

「バーロウといえば、そのバーロウの姿を、今日はまだ見ていないんだよね」

それに対し、複雑そうな表情をしたシモンが、「実は、ユウリ」と真実を告げる。

「彼は、解雇されたようだよ」

「――え？」

驚いたユウリが訊き返す。

「バーロウが解雇って、本当に？」

「うん」

「いつ？」

「君が搬送された日」

「搬送された日……」

鸚鵡《おうむ》返《がえ》しにつぶやいたユウリが、身を乗り出して確認する。

「それってまさか、僕のせい？」

当然の疑問に対し、シモンが肩をすくめて応じる。

「君のせいってことはないさ。君が梯子から落ちたのは不可抗力だし、まして、落雷は自然現象だ。――問題があるとしたら、彼らが交わしていた雇用契約のほうだろう」

「雇用契約?」

「そう。どうやら『なにがあろうと地下倉庫には絶対に立ち入らない』と契約事項にあったらしいよ」

「へえ」

「まあ、あまり納得はいかないけど、そういうことなら、アシュレイに連絡をせずにおりたのは、たしかにまずかったのかもしれない」

「いや、でも……」

ミッチェルがユウリを助けるために契約に反することをしたのなら、やはり原因は自分にあるように、ユウリには思えた。

心情を察したシモンが、「ユウリ、繰り返しになるけど」と忠告する。

「バーロウの解雇は、君のせいではないよ。それに、いちおう僕も、この解雇は不当に思っているから、なんなら僕のほうでバーロウを雇って店の管理をお願いしてもいいと申し出たんだけど、断られたし」

「そうなんだ?」

意外だったユウリが、理由を問う。

「なんでだろう?」

品よく食べ物を口にしたシモンが、炭酸水のグラスを取りながら答えた。

「バーロウ曰《いわ》く、そんなことをしたら、アシュレイとの関係修復が絶望的になるからだそうで、なんというか、僕らなんかがよけいな心配をしなくても、あの人は、自分のことは自分でどうにかするよ。――たとえ、それが、あのアシュレイ相手でも」

「それはそうだろうけど」

そのあたり、ユウリは疑っていないし、むしろ、ミッチェルの人さばきのうまさのようなところを、常日頃から尊敬し、できれば見倣いたいと思っている。シモンのようにはなれなくても、ミッチェルになら近づける気がして、目下のところ、ユウリが目指したいお手本のような存在になっている。

ただそうであっても、今回の解雇の原因が自分にまったくないと思うのは、難しい。

不満そうなユウリを見やり、シモンが釘《くぎ》を刺す。

「君の気持ちはわかるけど、バーロウが自分でも言ったとおり、これは彼とアシュレイの問題であって、第三者が口を出すような話ではないと思う。だから、君も、このことでアシュレイによけいなことを言わないようにしたほうがいい」

「そうなのかな？」

「うん」

「……そうかあ」

ユウリとしては、是が非でも復帰のための口添えをしたいところだが、どうやらそれは浅はかな考えに過ぎないらしい。

でも、本当にそうなのだろうか——。

食事を終えたあともユウリがそのことで悩んでいると、店を出たシモンを呼ぶ声があった。

「シモン！」

公共の場でシモンのことをファーストネームを呼ぶ人間は、意外と少ない。パブリックスクール時代の学友たちでさえ、よほど親しい人間しかファーストネームで呼ぶことはなかった。おそらく、シモンとの距離感のようなものが、そうさせていたのだろう。

二人が同時に振り向くと、すぐ近くにアングロサクソン系の面長《おもなが》な顔をした男が立っていて、そのままズカズカと近づいてきた。それから、ユウリのことなどお構いなしに、シモンだけを見て告げる。

「いいところで会ったよ。——君、『ソーントン・アビー』の件は、どうした？」

挨拶や前置きはない。ただただ自分の用件だけを押し通す感じが、いかにも支配階級的な傲慢さを感じさせ、その無礼な態度に軽く眉をひそめたシモンが、「ジェームズ」と相手のファーストネームを呼び返して答えた。

「それなら、断りましたよ。それより、今は友人と一緒ですから」

話は別の機会にしろと暗に匂わせるが、相手は気に留める様子もなく、ただそこで初めてユウリの存在に気づいて言った。

「やあ、君、悪いね。——ちょっと彼に用があって」

「いえ、構いませんけど……」

ユウリが遠慮がちに応じた声に被《かぶ》せる速さで、ジェームズがシモンに視線を戻して訊いた。おそらく、ユウリの意向などどうでもよかったのだろう。

「断ったって、なぜ？」

尋ねたうえで、「あ、まさか」と推測を口にする。

「君、知っていたんじゃないだろうね？」

「知っていたって、なにをです？」

ユウリが許可を出してしまった手前、一、二分は会話に付き合う必要に迫られたシモンが訊き返すと、相手は「だから」と説明する。

「『ソーントン・アビー』の売却の話だよ。決まっているだろう。今さら売却がやめになるなんて、びっくりじゃないか？」

「へえ」

それはシモンも意外で、いささか興味がわいた様子だ。

「でも、なぜ急に？」

「それが変な話でさ。死にかけていた当主が復活して実権を取り戻したっていうのは仕方ないにしても、あの家の抱えている負債を考えたら、入院代が浮いたくらいではどうにかなる話でもないだろうに、中止になってしまったんだよ。――まったく訳がわからない」

「たしかに、変ですね」

「だろう?」

シモンが興味を示したことを喜ぶように、ジェームズは言った。

「本当に参っちまったよ」

「気持ちはわかりますよ。――そうか、中止にね」

少し考えた末に、シモンが確認する。

「そのことについて、ケアードはなんと言ってきているんです?」

シモンや彼のところに話を持ってきた男の名前を出すが、返事は意外なものだった。

「それが、彼と連絡が取れないいんだ」

「連絡が取れない?」

「ああ。それで、みんな、あの男が金を持って逃げたんじゃないかって噂《うわさ》している」

「逃げた……」

シモンが眉をひそめてつぶやく。

「そんなタイプには見えませんでしたけどね」

事業を軌道に乗せられるような覇気こそ感じられなかったものの、人を騙《だま》して金を持ち逃げするような悪人にも見えなかった。――そこまでの度胸がないと言ったほうが正確かもしれないが、とにかく金の持ち逃げというのはあまり納得がいかない。

もっとも、渦中の人間であるジェームズにしてみたら、相手の人となりより切実な問題があるようで、「とにもかくにも」と切羽詰まった声で言った。

「僕は、自分の金がどうなっているかが知りたくてね。いちおう、これでも生活がかかっているから」

それに対し、シモンが小さく苦笑する。

このジェームズは、他でもない、イギリスで王族に次ぐ勢力を誇る大貴族マッキントッシュ・メイヤード家の人間だ。たしかにジェームズ自身は傍系の出身で貴族ではなかったが、少なくとも一族であることは間違いなく、全財産を失ったところで、家族に泣きつけば生活費なんてどうにでもなるはずだ。

むしろ、そういう身分だからこそ、よく調べもせずに投資話などに食いついてしまうのだろう。

シモンが言う。

「本当にお気の毒ですが、僕に言えるのは、一刻も早くケアードを見つけ出して、状況を説明してもらったほうがいいってことくらいですよ」

思い返せば、ケアードがシモンのところに投資話を持ってきた際、なぜか尻切《しりき》れトンボのままそそくさと立ち去ってしまったのだが、その裏には事業計画を根底から覆すこんな事情があったのだ。

だとしたら、あのあと、彼はどこへ行ったのか。

（まあ、僕なら、まずはソーントン・アビーの持ち主であるフィッツロイ家の人間に会いに行くけど……）

ただ、ケアードがどうしたかまでは、もちろん、シモンにはわからない。結局、話をまとめるように、彼は言った。

「なんにせよ、僕には関係のない話ですから」

「そうだったな。う～ん、そうか。君は、断ったのか」

「ええ」

「君なら絶対に興味を持つと思って紹介したんだが、こうなってみたら、まったくもって運がよかったってことだよ」

相手の感想に対し、シモンは小さく口元を歪《ゆが》める。

「運がね」

そこは「先見の明がある」と言ってほしいところだが、シモンはこれ以上立ち話をするのはご免だったため、「たしかに、そうかもしれませんね」と社交的な笑みを浮かべて応じると、「では」とユウリをうながしながら暇《いとま》を告げた。

「そろそろ失礼します。よい午後を」

「ああ、君もな」

雑踏が、そんな彼らをあっという間に隔ててくれた。

7

シモンと別れ、「アルカ」に単身戻ったユウリは、商談用のソファーに居丈高に座って分厚い本を読んでいたアシュレイの前をいったんなにも言わずに通り過ぎた。ただ、視線はどうしても、チラチラとアシュレイに向いてしまう。

すると、数歩も行かないうちに、アシュレイのほうから声がかかる。

「なんだ、鬱陶《うっとう》しい」

そこで足を止めて振り返るが、アシュレイは相変わらず本に視線を向けたままで、いったいどうやってユウリの視線に気づいたのか、わからない。

首を傾げつつ、ユウリが訊く。

「……えっと、アシュレイ。今、シモンから聞いたんですけど、バーロウを解雇したって本当ですか？」

「――ああ」

顔をあげずに答えたアシュレイに、ユウリがさらに訊く。

「なんで？」

すると、チラッと青灰色の瞳でユウリのほうを見たアシュレイが、すぐに本に視線を戻して答える。

「説明が必要か？」

「はい」

すると、鼻で笑ったアシュレイが「それこそ」と応じる。

「なぜ、だな。――ミッチがいようがいまいが、お前にとって不都合はないはずだ」

「そんなことないですよ」

珍しく強めに否定したユウリが、「いろいろ」と具体的なことは省いて言い返した。

「助けてもらってますから」

「へえ」

おもしろそうに受けたアシュレイが、「だったら、なおさら」と言う。

「あいつを辞めさせるべきだな」

「え、なんでそうなるんです？」

びっくりして目を丸くしたユウリに対し、アシュレイが「あいつには」と応じる。

「お前のことを甘やかさないよう、再三言ってあったからだよ。——なにせ、ナマケモノをコモドドラゴン級のナマケモノにするわけにはいかないだろう」

それは、どんな喩《たと》えであるのか。

わからないなりに、ユウリは言った。

「だとしても、悪いのは僕であってバーロウじゃないし、今回のことだって、彼は僕を助けてくれただけなのに、人助けをした人間が割を食うというのは、やっぱり因果応報の観点からいっても、間違っていると思います」

「つまり、あくまでもミッチの解雇は不当だと?」

「いや、えっと」

そこでふと、シモンの忠告を思い出したユウリが言い直す。

「お二人の間で交わされた契約上の違反というのなら、決して不当ではないのでしょうけど、なんだろう、そうだな、これはいわば『嘆願』です。バーロウの解雇が正当であるならあるで、なんとか撤回してもらえないかと」

すると、底光りする青灰色の瞳を細めたアシュレイが、「『嘆願』ねえ」となにか考え込むようにつぶやいた。

そこで、ユウリはここぞとばかりに「そうです」と主張する。

「嘆願ですよ、嘆願」

「それなら一つ訊くが、ユウリ」

「なんでしょう？」

「そんなふうにお願いするにあたって、お前は当然、見返りというものを用意しているんだろうな？」

「——見返り？」

ユウリが、キョトンとして訊き返す。

「見返りって、たとえば？」

「たとえば、向こう一ヵ月間、ただ働きをするとか」

「……ただ働き」

ここにシモンがいたら、一瞬で退けたであろう言い分であったが、ユウリは「まあ、それくらいなら」と即座に受け入れようとする。正直に言って、食うに困ったら実家に戻ればいいだけだし、それ以前のこととして、基本的に無駄遣いをしないため、これまでに貯《た》めたお金が十分あるからだ。

もっとも、アシュレイのほうもそのあたりの事情はよくわかっているようで、すぐに「あるいは」と本命の交換条件を持ち出してくる。

「お前がこの週末、俺と一緒にハートフォードシャーのソーントン・アビーに行くというなら、その間の店番が必要になるし、あいつの復帰を考えてやってもいい」

やけに具体的な話が飛び出してきたため、ユウリの意識がそっちに向けられる。

「ハートフォードシャーのソーントン・アビー？」

それは、つい今しがた、シモンと「ジェームズ」という男の会話の中で耳にした名称でもあった。

「ああ」

「そこになにがあるんですか？」

「隠し財産」

「隠し財産？」

またロマンたっぷりな言葉に対し、ユウリが興味を引かれて尋ねる。

「誰の？」

「マクレガー」

「マクレガーさんの隠し財産？」

「そうだ」

「それを、誰かに探してくれと頼まれたんですか？」

「いや。誰にも頼まれてはいない」

「ふうん」

となると、そこにアシュレイの欲しいものがあるということだ。それはいったいどんなものであるのか。

わからないが、金銀財宝でないことはたしかだろう。あるいは、たとえ金銀財宝であったとしても、ただの金銀財宝ではない。アシュレイというのは、俗世利益的なものにはいっさい興味がない人間だ。

ユウリが、煙るような漆黒の瞳を悩ましげに細める。

おそらくシモンは、こういう展開になるのを恐れて、ユウリに、アシュレイとミッチェルの問題に首を突っ込むな——的な忠告をしてくれていたのだろう。つまり、この状況はアシュレイの思う壺《つぼ》である。

駄目押しとばかりに、アシュレイが「そうそう」と付け足した。

「言い忘れたが、ソーントン・アビーの現在の持ち主はフィッツロイ家だ」

「——フィッツロイ」

その名前には心当たりのあったユウリが「なるほど」とうなずく。

なぜ、アシュレイがソーントン・アビーに興味を示したのかはわからないが、フィッツロイ家といえば、地下倉庫で空の木箱が見つかり、今現在、大きさがミスマッチの石の造形物がねじ込まれたまま、資料室のデータの損傷で詳しい情報がわかっていない、あのモノの預け主だ。

「そうか。フィッツロイ家ね」

なかなかの巡り合わせと言えよう。

このタイミングでフィッツロイ家が所有する館に行くことに、どんな意味があるというのか。

わからないが、まったくの無関係ではないはずだ。

（もしかして、呼ばれているのかな……？）

そう思ったユウリが、確認する。

「わかりました。そこに一緒に行ったら、バーロウを復帰させてくれるんですね？」

「ひとまず」

アシュレイは曖昧さを残して応じるが、そこは譲れなかったユウリが言い返す。自分のことではあまり主張のないユウリであるが、身近な人間に関することとなると話は別だ。

「バーロウの完全復帰を約束してくれるなら、行きます」

「まあ、いいだろう。お前の快気祝いということで、今回だけは、それで商談成立にしてやる」

「快気祝い」が聞いて呆れるほどの一方的な交換条件であったが、ユウリは安堵に満ちた笑顔になり、「ありがとうございます」と行儀よく礼を述べた。実際、彼は心底ホッとしている。

そこで、足取り軽く地下倉庫へと向かった。床の掃き掃除や棚の整理、汚れてしまったラベルの貼り替えなど、事後処理的なことはまだまだ山のようにあるのだ。

その背に向かい、アシュレイが訊いた。

「ああ、それと、ユウリ。お前が病院でサボっていた間に、奇妙な男が落とし物を探しに来たそうだが、心当たりはあるか？」

「落とし物？」

足を止めて考え込んだユウリが、しばらくして首を横に振る。

「記憶にありませんけど」

「落としたのはそいつの主人で、モノは楽器の類いだそうだ」

「楽器の類い？」

意外そうに繰り返したユウリが、正直な感想を述べる。

「またずいぶんとざっくりしてますね。その人、落とし物を探しに来て、具体的なことを言わなかったんですか？」

「みたいだな」

応じたアシュレイが、「文句があるなら」と告げる。

「俺ではなく、接客したミッチに言え」

「いや、文句はないですけど、ただ、変わったお客様だなと思って」

「たしかに」

小さく笑ったアシュレイが、「ついでに言うと」と付け足した。

「そいつは、黒縁の丸眼鏡をかけていたそうだが、それにも心当たりはないか?」

「黒縁の丸眼鏡……?」

ユウリが、いわくありげに繰り返す。残念ながら、ユウリ自身にはまったく心当たりがなかったが、その形容詞は最近よく耳にした。幼児誘拐事件の影響でピリピリしているご近所さんたちが、そんな風体の不審人物をフォーダム邸のそばで目撃しているからだ。

(これってどういうことだろう……?)

そんなユウリの疑問が伝わったのか、アシュレイも「だが、それも」と言った。

「ちょっと妙だよな。今の話からもわかるとおり、そいつは、どう考えてもお前の客って感じがするんだが」

「僕の……」

だとしたら、ハムステッドで目撃されたのも、幼児誘拐事件とは関係なく、ユウリを捜しに来たということになる。そこで、もう一度ユウリはよく考えてみるが、いかんせん直接その相手を見たわけでもなく、今の段階ではまったくわからない。

「やっぱり、心当たりはなさそうです」

明言を避けたユウリが、「もっとも」と心情を吐露する。

「今は、自分の記憶にあまり自信がないから」

とたん、アシュレイが「はっ」と天を仰いで嫌みを飛ばした。

「今だけってことはないな。俺からすると、年がら年中《ねんじゅう》だ」

「そうかもしれませんが」

認めたユウリが、言い返す。

「特に『今は』ってことですよ」

「ふうん」

どうでもよさそうに応じたアシュレイが「まあ、別に」と言う。

「落とし物を探しているのは俺ではないからな。——ただ、そういう奴がいたってことを、いちおう頭に入れておけ」

「わかりました」

そこでその話は終わりになり、ユウリは今度こそ地下倉庫へとおりていった。

第四章　ソーントン・アビーの惨劇

1

週末。

通常営業に戻った「アルカ」をミッチェルに任せ、ユウリはアシュレイの運転する車でハートフォードシャーへと赴いた。目指すは、「マクレガー家の隠し財産」が待つソーントン・アビーである。

ユウリにとっては久々の中距離ドライブで、すごくご機嫌になってもよさそうなところだが、決してそうではなく、特に天気は下り坂だ。頭上には厚い雲が垂れ込めていて、遠くのほうで稲妻が光っている。

「……遠雷」

日本語でつぶやいたユウリを、運転席のアシュレイがチラッと見る。

「なんだ?」

「あ、いや。――『遠雷』という日本語が好きなんですけど、このところずっと、あの音が耳について離れないなって」

「つまり、雷の音が、ってことか?」

「はい」

「だが、今の場合、稲妻は走っても音は聞こえてこないし、お前、それ、ただの耳鳴りじゃないのか?」

「え?」

意外だったユウリが、「耳鳴り?」と繰り返す。

「そう。耳鳴り。頭打ったし」

「いや、でも……」

ユウリは考える。

耳鳴りというと、よく「キーン」とか「ジージー」なんて擬音語が使われるが、ユウリの頭の中で鳴っているのは、あの「ゴロゴロゴロ」という厳かな響きなのだ。

「やっぱり、遠雷のような……」

と、その時。

うっすらと霧がかかるフロントガラスの先を、なにか大きな動物が横ぎった気がして、ユウリが「あ」と大声をあげて身を乗り出した。

「危ない！」

とっさに減速したアシュレイだったが、特に障害物は確認できず、運転を続けながら
「ユウリ、お前」と警告した。

「俺と心中《しんじゅう》する気か？」

実際、アシュレイでなければスリップしていた可能性もある。

「すみません。——でも、今、なにか動物が横ぎった気がして」

「横ぎってない。横ぎっていれば、俺が気づく」

「ですよね？」

「ああ。だから、次になにか見えても、俺が反応していなければ無視しろ。それができなきゃ、着くまで目隠しでもしておけ」

「……はあ」

首をすくめて応じたユウリが、「あ、でも」と言い添えた。

「それなら、あれも幻？」

「——いや」

否定したアシュレイが、本格的に減速する。

二人が見ているのは、フロントガラスの向こうをにぎわす警察車両や救急車両の回転灯

で、どうやら茂みの向こうに広がる池から事故車を引きあげているところらしい。少し離れたところに、クレーン車とひしゃげた車体が見えている。

「どこかのバカが」

道幅の狭くなった場所を徐行運転で通り過ぎつつ、アシュレイがざっと事故現場に視線を走らせて続けた。

「このところの雨で、車をスリップさせたな」

「そうですね。……アシュレイも気をつけてくださいね」

言ったとたん、突っ込まれる。

「どの口がそんなことを言っている。言っておくが、俺たちだって危なかったぞ」

「——そうか」

「とにかく、お前が静かにしていてくれたら、俺は事故らないさ」

たしかにそのとおりで、二人の乗る車は、ほどなくして、無事ソーントン・アビーに到着した。

木々の生い茂る小高い丘に建つ館は、四方に丸い塔を持つ、ほぼ真四角の形をした建物で、薄茶色の壁には蔦《つた》が這《は》っている。滑り込むように正門をくぐり敷地内に停《と》められた車から降り立ったユウリは、威圧感のある建物を見あげながら、煙るような漆黒の瞳に警戒の色を浮かべた。

（……ああ、ここは、ちょっとまずいかもしれない）

全体を覆う黒い影。

浄化されていない怨念《おんねん》のようなものが、重く圧《の》しかかって空間を歪《ゆが》ませている。

（こんなところに住んでいたら、身体《からだ》や精神にかなり悪影響が出てしまうだろうな……）

ユウリは、鬱々《うつうつ》としながら思う。

考えなしについてきてしまったが、この館の放つ空気の淀《よど》み方は尋常ではなく、本来なら念入りな下調べが必要なケースであった。

浮かない表情のユウリを見て、アシュレイが訊く。

「どうした？」

「……いえ」

耳を澄ましながらあたりを見まわしたユウリが、「なんか」と心許《こころもと》なげに告げる。

「子供の泣き声がしているようにも思えるんですけど」

すると、わが意を得たりというように唇の端を引きあげたアシュレイが、「さすが」と人さし指を立てて褒めた。

「どんなに間抜けでも、そのあたりは外さないな」

それから先に立って歩き出しつつ、説明を続ける。

「変に先入観を与えてもよくないと思って言わずにいたが、ここはまさに、子供の泣き声が聞こえてきて然《しか》るべき惨劇の館なんだよ」

「惨劇の館？」

「ああ。なんといっても、昔、連続幼児誘拐殺人事件の舞台となった血みどろの歴史があるからな」

「連続幼児誘拐殺人……」

嚙《か》みしめるように繰り返したユウリが、言う。

「つまり、子供が殺された？」

「そう。――しかも、生贄《いけにえ》にされて」

「生贄？」

その異質な言葉の響きに、ユウリが眉をひそめて訊き返す。

「それって、いつ頃のことですか？」

そんな猟奇的な連続殺人があれば、いくら世事に疎いユウリでも聞き知っているはずだが、記憶にある限り、子供を生贄にしたなどという常軌を逸した事件がロンドン近郊で起きたという話は聞いたことがなかった。

アシュレイが答える。

「安心しろ。お前がわからないのも当然で、事件が起きたのは、今より遥《はる》か昔、ヴィクトリア朝中期くらいのことで、加えて言うなら、不名誉にも、その猟奇殺人の犯人として名を残したのが、我らが『隠し財産』の担い手であるウィリアム・マクレガー、通称『ブラッディ・ウィリー』だ」

「ブラッディ・ウィリー」

おどろおどろしい名前をつぶやいたユウリが、尋ねる。

「どんな人だったんですか？」

「わかっていることは、さほど多くない。ある時突然、ロンドンに現れ、当時、高まり始めていた北米大陸への投機熱に乗じて一財産を作り上げた詐欺師だ」

「詐欺師？」

「そう。なぜか、アステカの習俗などにやたらと精通していて、向こうに架空の楽園を作り出し、言葉巧みに人々を騙《だま》してその地への移住を勧めたんだよ。しかも、移住すれば、向こうで貴族になれるという触れ込みだったらしく、当時、金はあるが身分は低かった中産階級の人間がこぞって騙され、大枚をはたいて海を渡った。だが当然、苦労して辿《たど》り着いた先にあったのは、熱帯雨林に囲まれた未開の土地だ」

「それは、さぞかしびっくりしたでしょうね」

「間違いなく、キツネにつままれた気分だったろうな。あると信じていたものが、なにもなかったわけだから。——ただ、通信網の発達した現代ならすぐさま大問題になるだろうが、当時は、海を隔てた地でのそうした事情がわかるまでにかなりの歳月を要した」

正面玄関までの階段をあがりつつ、アシュレイが続ける。

「その間に稼いだ金を持ってロンドンをあとにしたマクレガーは、この地に来て、ソーントン・アビーを建てたんだ。名前からも察せられるように、当時、ここには修道院の廃墟《はいきょ》があって、それを改築して今の形にした」

「なるほど」

建物を間近に見あげてうなずいたユウリが、「だけど」と訊く。

「詐欺師だった人が、なぜ急に連続幼児誘拐事件なんて起こしたんでしょう？」

「それは、わからない。おそらく、彼の中にはそうすべき理由があったんだろうが、今のところ不明だ」

「それなら、マクレガー家とフィッツロイ家の関係は？」

「ない」

端的に答えて、アシュレイは続ける。

「幼児殺しが発覚し、マクレガーが絞首刑になったあと、当然、ここはしばらく誰も住む者がなくさびれていったんだが、二十世紀に入って、アメリカ人実業家であったデヴィッド・フィッツロイが買い取り、以来、フィッツロイ家の所有となった」

「そうか。じゃあ、本当に無関係なんですね……」

そのわりに今回、この館を巡って、ちょっとした詐欺のような話が持ちあがっているのはどうしてなのか。

偶然といえば偶然かもしれないが、やはりこの館と関わっているうちに、知らず影響を受けてしまった可能性は大いにある。そして、もし本当にそうだとしたら、この場に強く残っているのは、そのマクレガー、通称「ブラッディ・ウィリー」の怨念ということになるわけだが――。

(それならなぜ、連続幼児誘拐殺人事件は起きていないのか……)

むしろ、この地に残っているとしたら、そちらの影響のほうが大きいはずである。

(わからないな……)

ユウリは考え込む。

そもそも、この場の歪みが「ブラッディ・ウィリー」の怨念によるものだとしたら、これまでフィッツロイ家の人間にその影響が出なかったのは変である。

つまり――。

(問題は、あの空の木箱の中身か)

ひとまずあの場で見つけた石の造形物を無理やり突っ込んでしまったが、あれはやはり空の木箱に入っていたわけではなく、別のところから来たのだろう。それがどこであるかは、この際おいておくとして、問題は失われた中身のほうだ。

それが停電騒ぎで流出し、フィッツロイ家に禍《わざわい》をもたらそうとしている。どんな禍なのか、まだはっきりしたことは言えないが、もし「ブラッディ・ウィリー」も同じものの影響で連続幼児誘拐殺人に及んだのだとしたら、どうだろう。

（実はすでに、どこかで連続幼児誘拐殺人が起きているとか？）

そこまで考えた時、ユウリの脳裏に過ることがあった。

「子供の誘拐――」

ユウリがつぶやくと、チラッと背後に視線を流したアシュレイが「お前も」と言った。

「それが気になるか？」

「そうですね」

ユウリが病院にいる間に起きたという幼児誘拐事件は、いまだ身代金《みのしろきん》の要求がなく、子供も見つからないまま捜査は難航しているようであった。さらに、事件のあったハムステッドでは、黒縁の丸眼鏡をかけた不審人物が目撃されたりしていて、ユウリの母親もいつになくピリピリしている。

「でも、生贄にするためにフィッツロイ家の誰かが子供を誘拐したなんて、本当にあるんですかね？」

「わからないが、今は、お前が聞いたという子供の泣き声が、直近のものでないことを願うばかりだよ」

それはつまり、誘拐された子供がすでに生贄にされてしまっているということだ。この場に淀む空気の重さからいって、それもあり得ないことではない。

(やばいな。早くあの空の木箱の中身を特定しないと——)

ちなみにアシュレイは、ミスター・シンに資料探しを頼んだようだが、見つけ出すのに少し時間を要するということで、まだ連絡は来ていなかった。しかも、ミスター・シン自身、「フィッツロイ」の名前に覚えはあっても、詳細はわからないという。

(子供の生贄、ねえ)

考えているうちに、ユウリは最近、どこかでそんなような言葉を耳にしたような気がしてくる。

(なんだっけ?)

それに、流される血について、誰かになにか言われた気もする。

(えっと、あれはたしか……)

ユウリが必死で記憶を辿っていると、ふいに目の前に迫っていた玄関扉がバタンと大きく開き、それまでの陰鬱《いんうつ》な空気とは趣を異にする青年が姿を現した。

角張った顔にすすけた金髪。どちらかというと、イギリスのカントリーハウスよりニューヨークのヤンキー・スタジアムにいるほうが似合いそうな顔立ち。その印象どおり、フランクな態度で両手を差し出した相手が、ハグでもしそうな勢いで二人を歓迎する。

「やあ、よく来たね、アシュレイ」

それを横で見ていたユウリは、もし彼が、なにかに取り憑《とっ》かれた結果、幼児誘拐に踏み切っているとしたら、金輪際、他人を信じることができなくなりそうであった。つまりそれくらい、陰惨な事件とは無関係な空気をまとっている。

相手が、ユウリに視線を移して言う。

「それと、君は『ユウリ・フォーダム』か」

「え？」

初対面と思っていた相手から名前を呼ばれ、どぎまぎしてしまったユウリを見て、相手が「ああ、もしかして」と尋ねた。

「僕のこと、アシュレイからなにも聞いていない？」

「はい。すみません」

「そうか。僕は『アダム・フィッツロイ』といって、君たちと同じくセント・ラファエロの出身なんだ。もちろん、寮《ハウス》は違ったけど、アシュレイとは同期でね」

「——あ」

懐かしい母校の名前があがり、急に親しみを覚えたユウリが謝罪する。

「それは、知らずに失礼しました」

「いやいや。あの学校もそれなりに人数が多くて、寮が違うと同期生でも知らない奴はいたし、まして、学年まで違ったら、もう誰が誰やらだったもんな」

「そうですね」

そのわりに、彼が自分のことを知っていたのを不思議に思っていると、そのことをアダムが口にした。

「ただ、君は、ある意味、とても目立っていたから……」

それはおそらく、本人はいたって地味なのに、まわりにいる人間が、シモンやアシュレイ、さらには英国俳優のアーサー・オニールなど、やたらと華やかで圧倒されるような人間ばかりだったから、逆に浮いて見えたということだろう。

苦笑気味に「はあ」と相槌《あいづち》を打ったユウリに、アダムが、「そうそう」と尋ねる。

「彼は元気？　あのフランスの優美な貴公子。――えっと、ベルジュだっけ？」

「ああ、はい。シモンなら元気です」

「今も連絡を取り合っているんだ？」

「そうですね」

そのまま、昔話に移りそうな気配を察し、横からアシュレイが「おい」と言う。

「こっちは、のん気にお前とおしゃべりをするために、わざわざ車を飛ばしてきたわけではないぞ」

「あ、そうだった」

頭をかいて恐縮したアダムが、二人を通すために身体をずらしながら、「ではでは」と愛想よく告げた。

「まずは遠慮せずに入ってくれ。——ということで、『マクレガー家の隠し財産探しツアー』へ、ようこそ」

2

アシュレイは、とても不機嫌になっていた。——少なくとも、見るからに不機嫌そうだし、ユウリには、その理由が容易に想像できてしまう。

ただ、その不機嫌の原因を作ったアダム自身は、なぜアシュレイの機嫌が悪くなったのか皆目わからずに少々辟易《へきえき》している様子である。彼は、アシュレイのことをあまりにも知らないまま、近づき過ぎたのだろう。

ユウリが知る限り、アシュレイは団体行動が嫌いだ。人と歩調を合わせる気などさらさらないし、相手に合わせられるのも鬱陶《うっとう》しいと思っているはずである。

孤高の一匹《いっぴき》狼《おおかみ》。

それが、アシュレイのスタンスだ。

さらに、アシュレイは、茶番が嫌いである。

茶番を傍《はた》で見る分にはいいし、好んで茶番を仕組むことはあっても、自分がその中に入れられて踊らされるのは我慢がならない。

それだというのに、「マクレガー家の隠し財産探しツアー」とは――。

アダムは、なにを考えているのか。

実際、それはまさに「ツアー」で、玄関口での歓迎のあと、案内された広間には数名の男女が集まっていた。年齢層はほぼ同じか少し上くらいで、おそらく十歳前後の幅しかないだろう。個人での参加もあれば、グループでの参加もあり、ユウリがなにより驚いたのは、集まっているメンバーの中に見知った顔が交じっていることだった。

その男は、いかにもアングロサクソンといった面長の顔をしていて、間違いなく、先日、久しぶりにシモンと昼食を取った際、店を出たところでシモンに話しかけてきた人物であり、名前は、たしか「ジェームズ」といったはずだ。

(そういえば、あの時も、ソーントン・アビーがどうのって話してたっけ)

ユウリが周囲を観察している横で、アシュレイがアダムに対して険呑《けんのん》に言った。

「他にも人がいたとは、ね」

「ああ、うん。そうなんだよ」

アダムが萎縮《いしゅく》して答える。

「君を招待した時点では、もちろん、そんなつもりはまったくなかったんだけど、ソーントン・アビーの売却が白紙に戻ったことで、マイク――ああ、えっと、僕の幼馴染《おさななじ》みのマイケル・ケアードのことだけど、彼が企画した『幽霊ホテル』の事業計画がおじゃんになり、それに投資していた人たちからうちに問い合わせが殺到してね」

そこまで言って、「本当に参ったよ」と同情を買うように首を横に振る。

「事情を聞こうにも、肝心のマイクとは連絡が取れないし、それでとりあえず、なにかできることはないかと考えた末に、大口の投資をした人たちには、少しでも損失の埋め合わせになるよう『マクレガー家の隠し財産』を探すツアーに招待しようとなったわけさ」

アダムが、アシュレイの顔色を窺《うかが》うように続ける。

「ほら、もし、そんなものが見つかれば、幾ばくかのお金になるかもしれないわけで。なーんて、本来はマイクが出てきて、彼らに出資金を可能な限り払い戻せばすむ話なんだけど。……本当に、彼、どこに行っちゃったんだろうね？」

ひたすら一人でしゃべり続けているのは、アシュレイの機嫌がいっこうによくならず、うんともすんとも言わないせいだろう。こういう時のアシュレイは、本当に怖い。ユウリですらヒヤリとする怖さだ。しかも、残念なことに、必死で言葉をつないで話を続けても、アシュレイの機嫌がよくなることはなかった。

そんな彼らのそばでは、ジェームズが、一人の青年に近づいていく姿があった。

「おい、パーカー」

「やあ、マッキントッシュ・メイヤード」

（マッキントッシュ・メイヤード？）

その名前に、ユウリが反応する。

（そうか、だから……）

この前、彼がシモンのことをファーストネームで呼びながら親しげに声をかけてきたのも、それで納得がいく。

そんなユウリの前で、ジェームズとパーカーが会話を続ける。

「やっぱり、いたな」

「まあ、そうだけど」

少々臆《おく》するように応じたパーカーが、「でも、君は」と言い返した。

「こんなところに来なくても、実家に泣きつけば、いくらでもどうにでもしてもらえる身だろう？」

それは裏を返せば、「マクレガー家の隠し財産」にまで手を出さなくてもいいだろうと言っていた。

「そうだけど、もともとソーントン・アビーには興味があって」

言いながら、ジェームズがチラッとユウリたちのほうに視線を流すのがわかった。もっとも、今回もユウリのことは素通りで、その興味の対象はアシュレイだ。

ジェームズが、「そんなことより」と言う。

「さっき、誰かがあそこにいる彼の名前を呼ぶのが聞こえたんだが、もしかして、彼ってアシュレイ商会の？」

視線でうながされたパーカーも、こちらを見て言う。

「さあ、どうだろう。僕は当人に会ったことがないからわからないけど、君が言っているのが『コリン・アシュレイ』のことなら、あそこにいる男は、彼と親しい友人がよく言っている人相風体に合致しているよ」

「やっぱり、そうだよな。コリン・アシュレイ」

わざとフルネームを口にしているのは、アシュレイの注意を引きたいからだろう。

だが、当のアシュレイはというと、完全無視だ。絶対に聞こえているはずだが、ちらりとも視線を流さない。

そうこうするうちに、アダムが声をあげた。

「みなさん。いいですか。――これから『マクレガー家の隠し財産』を探していただくにあたり、一つだけ注意点を言っておきます。今日一日、みなさんには館内を好きに探索していただけるよう、準備は整えてありますが、かつて使用人部屋だった四階にだけは立ち入らないようにしてもらいたいんです。なぜと言って、病み上がりの父が養生しているので、希望があれば、後日改めて、そちらもご案内いたします。なので、どうぞ、その点だけはよろしくお願いします」

「そんなこと言って、実は、そこにこそ『マクレガー家の隠し財産』があるんじゃないのか？」

「どうでしょうね」

アダムが肩をすくめて応じる。

「正直な話、僕にもまだ、本当にそんなものがあるかどうかわかっていないから、そこはなんとも答えようがありませんし、実は退院してきた父とも、まだあまり話せていないんです」

「でも、それなら、誰が病み上がりの人間の面倒をみているんだ？」

アシュレイの疑問に、アダムが答える。

「使用人の一人で、昔から父に忠実だった下働きの男ですよ。その男が、四六時中父のそばにいて、身の回りのことをやってくれています。食事も彼が運んでいる状態で、僕たちはほとんど、退院後の父とは会っていません。もはや、他人に近い生活です。——ということで、よければ、そろそろ書斎のほうへ移動しましょう」

その言葉で二階へ移動した彼らは、奥行きのある書斎に入ったところで、立派な書見台に載った一冊の本と対面した。書見台の脇《わき》に立ったアダムが、通販番組で商品を案内するような手軽さで、その本を紹介する。

「さて、『マクレガー家の隠し財産』を探すにあたって、まずご紹介しておきたいのが、この、門外不出であった謎《なぞ》の奇書、『ウネン・バラムの書』です」

「『ウネン』……、なんだって？」

ジェームズが訊き返し、アダムが繰り返す。

「『ウネン・バラムの書』」

とたん、あちこちから質問が飛び、彼は両手で押し止《とど》めながら「それを、今からご説明しますので」と言って話を続けた。

「この本が表装されたのは十九世紀に入ってからですが、内容が書かれたのは十七世紀頃と考えられていて、一種の稀覯本《きこうぼん》になるわけです。ただ、そんなことより問題は、これを見つけて表装したのが、かのウィリアム・マクレガー、通称『ブラッディ・ウィリー』であったという点でしょう。——彼はこの本を表装する際、当時、彼が手にしていた莫大《ばくだい》な財産の隠し場所のヒントを、この中に残したと言われているんです」

「へえ。つまり、『マクレガー家の隠し財産』の根拠は、この本にあるってことか」

「——ってことは、マジであったんだ」

「たしかに。ここに来るまで、半信半疑だったけど」

居並ぶ面々が口々に言う中、アダムが「そのヒントというのが」と、書見台の上で開いた本を示して言う。

「ここに書かれた一文です。ほら、ここに、『天の十字路へと通じる道は、赤の方角に開かれる』とあるんです。あと、あとづけの部分には『十字路の先にいるマグダラのマリアの足元を、豊穣《ほうじょう》の水で満たせ』とあり、おそらく、そこに財産が隠されているのではないかと――」

「ほお。豊穣の水」

「金貨のことじゃないか」

「どれどれ」

人々が顔を寄せ合い、その文言を見ようとする。

そんな彼らに場所を譲りつつ、アダムは続けた。

「ただ、長い間、フィッツロイ家の人間は、この言葉の意味を求めてあちこち探しまわりましたが、それらしいものを見つけることはできませんでした。ちなみに、僕も、小さい頃は宝探しに夢中になったものですけど、残念ながら徒労に終わりました」

「つまり、実際は『マクレガー家の隠し財産』なんて存在しないってことだろう?」

パーカーの入れた突っ込みに対し、アダムが答える。

「そうですね。僕もそう思って諦《あきら》めていましたが、こんな状況だし、新たな視点でものごとをとらえたら、もしかしたら今まで見つけられなかったものも見つけられるかもしれないと考え、こうしてみなさんにもチャンスを広げたわけです。――事前にお話ししてあるように、今回の探索でどんなものが見つかろうと、それはフィッツロイ家と見つけた方々とで折半することにしますので」

つまり、もしこの探索で見つかったものが少額の価値しかないものなら、ここまでの交通費にもならないが、万が一、それなりの財産が出てくれば、一夜にしてそこそこの金持ちになれるし、場合によっては大金持ちになれるかもしれないということだ。

夢があるといえば、ある話である。

「まあ、そういうことなら、楽しもう」

ジェームズが言い、早々に博識なところを見せる。

「まず、赤の方角というなら、間違いなく南だな」

「え、なんでわかるんだ？」

パーカーが訊き返すと、「中国では」とジェームズは教えた。

「風水という独特の考え方があり、東西南北と中央に、それぞれ色が振り分けられているんだよ。それによると、東が青、西が白、南が赤、北が黒で、中央が黄色だ」

「へえ」

感心する人々の前で、「ああ、言われてみれば」とアダムが言った。

「館の南側に庭園があって、そこは十字路で区切られていますよ」

「それだ！」

「意外に簡単じゃないか」

「たしかに。これが、新しい視点ってやつだよ」

浮かれた調子で言ったジェームズが、「ということで」とアダムをせっつく。

「はやく、俺たちをその庭園に案内しろ。――ああ、そうだ。みんな、持てる限りのスコップやバケツを持っていくぞ」

もはや、すっかりお宝を掘り出したつもりになっているようで、彼らはぞろぞろと書斎を出ていく。当然、あとについてユウリも出ていこうとしたが、アシュレイがその場を動かずにいるのを見て、すぐに足を止めた。

「あれ、行かないんですか、アシュレイ」

それに対し、腕を組んで書見台を眺めていたアシュレイが、「お前」と言う。どうやらユウリの質問には答えなくていいと思っているらしい。

「これが、なにに見える？」

言いながらアシュレイが指でさしたのは、書見台の脚の部分に彫られた動物だった。

ちなみに、その書見台は、大きな本棚の前に固定されたかなり立派なもので、台座を支える一本脚の部分には高浮き彫りで動物と蓮《はす》の花が彫られている。より正確に言うと、脚の部分を柱に見立てたら、台座との境目にあたる柱頭が蓮の模様となっていて、柱の表面をのぼるように動物の彫り物がされていた。

ユウリが、答える。

「えっと、よくわかりませんが、ワニ?」

「正解」

どうやら当たったようだが、アシュレイの意図がわからず、ユウリが訊き返す。

「え、ワニだとなんなんですか?」

「当然、目指すは、『南』ではないってことだよ」

底光りする青灰色の瞳をおもしろそうに細めて言われるが、ユウリには、なぜそうなるのかがわからない。アシュレイにとっての「当然」が、万人にとっての「当然」とは限らないし、むしろたいがいが「当然」ではない。

ユウリが尋ねる。

「アシュレイが言うように、赤の方角が南でないなら、僕たちはどこに行けばいいんですか?」

「さあねえ」

そこまではまだアシュレイにもわかっていないのか、彼は『ウネン・バラムの書』に手を伸ばして応じた。

「相変わらずなんでもかんでも俺から引きだそうとせず、少しはその空っぽの頭を使って考えてみろ。——でないと、次は頭を打つ前に記憶喪失になるぞ」

「……はあ」

そこで仕方なくユウリはヒントを探して歩き始めたが、その時、かすかに子供の泣き声が聞こえた気がして耳を澄ます。

（……気のせい？）

それは、本当にかすかなもので、現実の声なのか、ユウリだけに聞こえる類《たぐ》いのものかはわからない。特に、この館の陰惨な歴史を知ってしまったあとでは、判断するのはとても難しい。

それでも気になったユウリは、『ウネン・バラムの書』に集中しているアシュレイの背中に向かい、「ちょっと他の部屋も見てきますね」と言い置いて書斎を出た。まさかとは思いたいが、もし、先ほどの推測が正しかったとしたら、この館には誘拐された子供がいる可能性だってある。

ツアーに参加している他のみんなは南側の庭園に行ってしまったようで、廊下は静まり返っていた。

（……やっぱり聞こえる）

それだけではない。

五感を研ぎ澄ましながら歩くユウリの耳には、しだいにさまざまな声が届き始めた。そのほとんどが、悲鳴だ。

（子供の悲鳴――）

この館に刻まれ、昇華されないままま とわりついている負の記憶のあげる声だった。
(血を——)
ユウリは苦しそうに眉間《みけん》にしわを寄せて、聞こえてくる思念に耳を傾ける。
誰かが、血を求めていた。
それはもはや渇望であり、止められない衝動でもある。
血を欲する存在。
(でも、いったい誰が——?)
マクレガーなのか。
それとも、他の誰かの思いなのか。
考えるユウリの頭の中で、誰かが囁《ささや》きかける。

——過ちが正されなければ、無益に血は流され続ける
——ゆえに、アレに思い出させよ

(過ちが正されなければ?)
足を止めたユウリが、考え込む。
今の囁きは、いつ、どこで聞いたものであったか。

（たしかに、どこかで聞いたはずなんだけど……）

それがどこか、思い出せずに悩んでいると、ふいにポケットのスマートフォンが着信音を響かせたため、ユウリはビクッとして我に返った。

しかも、その着信音は家族からのものであったため、ユウリはすぐさま電話に出る。

「――ああ、びっくりした」

「もしもし？」

とたん、母親の声がする。

『ユウリ。大変なの。――貴方《あなた》、今どこ？』

「ハートフォードシャーだけど、なにがあったの？」

ユウリの母親は、ユウリと似ていて、日頃はユウリ以上におっとりとしている。だからこんなふうに慌てている母親と、あまり接したことがない。

それでドキドキするユウリに、さらなる衝撃が襲いかかる。

『それが、クリスが行方不明なの』

「え？」

驚いたユウリが、スマートフォンを持つ手に力を込めて訊き返す。

「行方不明って、どういうこと？」

『今日、近所の子供たちと一緒にヒースへ遊びに行っていたんだけど、たまたま近くで落雷騒ぎがあって、そっちに一瞬だけ、私を含めた保護者の目が向いた隙《すき》に、クリスだけが消えてしまって』

「そんな――」

焦ったユウリが、玄関のほうに向かいながら言う。

「わかった。僕もすぐに戻る」

『そうしてくれると、助かるわ。なにせ、レイモンドは、どうがんばっても明日まで帰ってこられないし、セイラも今は日本だから、私一人ではいろいろと対処しきれないの。捜しに出たくても、警察との連携があって家を出られないし』

「うん。――ただ、ここからだと、がんばっても一時間以上はかかると思う」

『それでもいいから、そばにいて。――今、ボランティアの人たちが手分けしてヒースを捜してくれているのよ。でも、あまり考えたくはないけど、例の、この近所で誘拐された子もまだ見つかっていないし』

「そうだね。――とにかく、一度電話を切るから」

通話を終え外に出たユウリは、家に帰るにしても、車の鍵《かぎ》をアシュレイに借りないといけないことに気づき、もう一度、書斎に戻ろうと反転する。そんなことにも思い至らないなんて、自分はかなり動揺しているようだと苦笑する。

と――。

そんなユウリの視線の端を、奇妙な風体の男が過った。赤茶けた髪に灰褐色のスーツを着た男であったが、なによりその男を印象づけているのは、顔の真ん中を覆う黒縁の丸眼鏡だ。

（黒縁の丸眼鏡――）

それは、このところよく耳にするキーワードであった。

家の近所を徘徊《はいかい》していたという不審者が黒縁の丸眼鏡をかけていたというし、「アルカ」に落とし物を探しに来た客も、そうだ。

（この人……）

この男が何にどう関わっているかはわからないが、なにかを知っているか、あるいはなにかを追っているのは間違いなく、一度足を止めたユウリは、すぐさま踵を返して男のあとを追い始めた。もし、彼が一連の誘拐に関与しているなら、クリスがここにいる可能性だって十分あるし、なにより今は、根源的な問題を解決するほうが先のように思えたからだ。

男は、飛ぶような足取りで裏口から中に入り、ユウリが通ったことのない階段塔を使って上へとあがっていく。

そのあとを追い、ユウリも階段をのぼった。二階、三階と過ぎ、ついには出入りが禁止されている四階へと到達する。かつて使用人部屋があったというそこは、他の階に比べて天井が低く、廊下の造りも質素だった。間隔を置いて並ぶ扉も実に簡素なもので、学生時代にいた寮の個室を思わせる。

（この部屋のどこかに、誘拐された子やクリスがいる？）

息を切らしながらなおも男のあとを追ったユウリは、ふいにすぐ近くで「助けて」と言う声を聞き、足を止めてあたりを見まわした。

たしかに、聞こえた。

生身の声であったはずだ。

「――誰か、そこにいるのかい？」

暗い廊下に向かってユウリが言うと、すぐに近くの壁をドンと叩く音がして、ふたたび声がした。

「助けて。お願い、誰か助けて」

間違いない。

どこかに、子供がとらわれている。

そこで、声がしたと思われる部屋の扉に近づいたユウリが、鍵穴から中を覗き、ふたたび声をかけた。

「僕は、ユウリ・フォーダム。そこに、誰かいるんだね？　いたら、返事をしてくれないか？」

すると、答えはすぐに返った。

「お願い、助けて。僕、ずっとここに閉じこめられているんだ」

そこで、ユウリはドアノブに手をかけてガチャガチャいわせるが、鍵がかかっていて開けられない。

（開かないか……）

迷ったのは一瞬で、すぐさまユウリは、アシュレイを呼びに行くことにした。この手の鍵を開けることなど、彼なら朝飯前だからだ。

「ちょっと待ってて。鍵を開けられる人を呼んでくるから」

「――待って、行かないで」

切羽詰まった声で言う子供を安心させようと、ユウリがふたたび扉に向かってなにか言おうとした時だ。

背後に人の気配を感じ、次の瞬間――。

ガツン、と。

頭に衝撃が走った。

そして、意識が遠のく。

廊下に倒れ込んだユウリのそばでは、棒状のものを手にした男が立ちつくし、肩で大きく息をしながらつぶやいた。

「……危なかった。だが、お前ごときに、偉大なる神への捧《ささ》げものを、横取りされてなるものか」

3

一方。

ロンドンにいるシモンは、午前中の会議を終え、少し遅めの昼食を取ろうとしていた時に美月から電話が来たので驚いた。メールならともかく、彼女が電話をかけてくることなどめったになく、シモンは慌てて電話に出る。

「アロウ」

『ああ、シモン。ミツキだけど——、今、大丈夫？』

「もちろんです。どうかなさいましたか？」

『それが、ユウリと連絡が取れなくなって困っているの』

「ユウリと？」

やはり緊急の電話はユウリに関することであったが、また容態が悪くなったわけではないと知り、シモンはホッとする。そのうえで、ユウリの場合、連絡が取れないことはありがちであるため、落ち着かせるように応じた。

「ただ、彼はスマートフォンを手元に置いていないことも多いから――」

だが、その言葉は切羽詰まった美月の言葉にかき消される。

『そうじゃないのよ、シモン。ごめんなさい、説明不足で。実は、クリスが行方不明になって、そのことでユウリに電話をしたら、今、ハートフォードシャーにいて、すぐに戻ってくれるということだったのに、その後、ぱったり連絡が途絶えてしまったのよ』

「クリスが行方不明⁉」

まず、そのことにびっくりしたシモンが繰り返すと、すぐに美月が『ああ、でも』と付け足した。

『そっちはもう心配ないの。ヒースで迷子になっているのを、捜索隊の方が見つけてくださって無事保護されたから。――あの子ったら、例の不審者情報として挙がっている男と同じような黒縁の丸眼鏡をかけた男性が近づいてきたのにびっくりして、慌てて身を隠そうと逃げたら、そのままヒースの奥深くまで入り込んで迷子になってしまったみたい。本当に、人騒がせで嫌になるわ』

「それは、見つかってよかったですね」

形式的に言いつつ、シモンは気になることを質問する。

「それで、ユウリは、今日、ハートフォードシャーにいると？」

『ええ。私も知らなかったんだけど、電話でそう言っていたわ。だから、クリスも見つかったことだし、仕事があるなら戻らなくていいし、戻るなら戻るで、慌てなくていいとメールをしたのに、いまだに返信がないの。電話しても出てくれないし、途中で事故にでもあったんじゃないかと心配になって』

そこで一息ついた美月が、『でも』と確認する。

『その様子だと、貴方はなにも知らないようね？』

「そうですね。午前中は、僕も忙しくて、連絡を取り合っていませんでしたから」

『そう。――それなら、今日、あの子がどこにいたのか、お店の方に詳しい話を聞いてみるわ』

「ああ、いや。バーロウは、今、店を離れているはずなので、なにも知らない可能性があります。それより、僕のほうでいくつか当てがありますから、調べてみて、状況がわかり次第、すぐにご連絡しますよ」

『あら、でもシモン、貴方、忙しいんでしょう？』

「今は昼休みだから大丈夫ですし、僕もユウリのことは心配なので、任せてください。幸いなことに、長年の経験で、ユウリに起こることのパターンは、ある程度把握していますから」

そこで美月との電話を終えたシモンは、少し考えてから、まずはセント・ラファエロ時代からの友人であるジャック・パスカルにメールした。数学の天才として、現在はフランスの研究機関に所属しているパスカルは、ユウリ本人から、ユウリのスマートフォンを遠隔操作するための暗証番号を知らされていて、万が一ユウリの身になにかあった場合、スマートフォンの位置情報を勝手に手に入れられるのだ。

シモン自身がそれをやらずにいるのは、おのれの独占欲への警戒心からで、パスカルは、シモンにとってのいわば「安全装置《セーフガード》」の役割を果たしてくれている。

メールには詳細を包み隠さず書いておいたため、わずか数分後には、パスカルから簡潔な返信が来た。

いわく。

ユウリのスマートフォンは、ハートフォードシャーのソーントン・アビーという建物の中か、少なくとも半径十メートル以内のところにあるはず。健闘を祈る。ユウリの無事が確認できたら一報を。

すぐさま返礼のメールを送ったシモンは、水色の瞳を伏せて考え込む。

(ソーントン・アビー……？)

その名前は、最近、シモンも聞いて知っていた。ただ、ユウリとはまったく無関係の話であったはずだから、とっさに結びつけられずにいたのだ。

（それが、実はそうではなかったということか）

だが、だとしたら、いったいどこで結びついたのか。

その時、透明な扉の向こうに秘書のモーリスの姿が見えたので、ひとまず思考を切り替えたシモンは片手をあげて彼を呼び寄せた。

扉を開けて室内に入ってきたモーリスが、尋ねる。

「お昼に出られたのでは？」

「そのつもりだったよ」

「なにかありましたか？」

「うん。それで、悪いけど、午後の予定を調整して空けてくれないか」

とたん、眉をひそめたモーリスが確認する。

「——全部、ですか？」

「そうだよ。できるはずだよね？」

「まあ、そうですね。……このあとの公聴会は、私と法務部の人間がいれば問題ありませんし、パリのルーヴルでの打ち合わせと館長との晩餐会《ばんさんかい》は、えっと、どなたにお願いしましょう」

「アンリに行かせるよ」

現在はフランスにいる、頼りがいのある異母弟の名前をあげ、シモンは続けた。

「アンリならまったく心配いらないし、彼の予定が詰まっていてどうしても駄目なようなら、仕方ない、母にお願いして行ってもらうしかないな。——ルーヴル側は、ベルジュ家の人間がいれば、ひとまずそれでいいはずだから」

「わかりました」

「アンリには、僕から事情を話しておく」

「では、そのように。——公聴会のほうは、まわりの方に理由をどう言いましょう?」

「体調不良でいいさ」

「昼に腐った魚でも食べたとか?」

「そうだね。そういうことにしておいてくれ」

「ご冗談でしょう。絶対に駄目です」

自分で振っておきながら、ただの冗談か嫌みだったらしく、モーリスは猛烈な勢いで反対した。シモンに心酔しているモーリスとしては、当人以上に「シモン・ド・ベルジュ」という一つの完璧《かんぺき》なブランドイメージを崩したくないのだろう。

シモンが、「まあ」と苦笑気味に応じる。

「そこはなんとでも好きにしてくれ。——とにかく、僕はこれからヘリでハートフォードシャーに行く」

「ハートフォードシャー?」

繰り返したモーリスが、「もしや」と尋ねる。

「例のソーントン・アビーですか？」

「うん。だから、追加の調査資料があれば、それも用意しておいてくれないか」

「わかりました」

そこで踵を返しかけたモーリスが、ふと動きを止めて確認する。

「なんでしたら、ソーントン・アビーへは、私もお供しますが」

「いや、いいよ」

言下に断り、シモンが「それより」と激励する。

「君には、僕の代わりに公聴会でしっかりこちらの意向を伝えてきてほしい」

「はい」

どこか淋《さみ》しげに返事をしたモーリスは、言われたことをするためにシモンの執務室を出ていった。

4

同じ頃。

ソーントン・アビーの書斎で『ウネン・バラムの書』を解読していたアシュレイは、スマートフォンにかかってくる電話を無視してずっと作業を続けていた。

鎖でつながれて動かせない『ウネン・バラムの書』を読むために、書見台のそばに寄せたソファーの背に軽く腰かけ、座面には大量の本を積み上げて時おり参照する。さらに、事務机の上から勝手に拝借した拡大鏡を使って絵図を精査し、同じく勝手に拝借したフィッツロイ家の紋章入りの便箋《びんせん》を大量に使って情報を殴り書きしていく。その字はもはや、彼以外には読めない記号のようである。

「なるほどね」

ややあってつぶやいたアシュレイが、「やはり」と続ける。

「これが、鍵か……」

トントンと万年筆で便箋を叩きながら言い、チラッと壁の時計を見あげる。

気づけば二時間近く経《た》っていて、さすがに少し肩が凝っていた。そこで、大きく伸びをしていると、ふたたびスマートフォンが着信音を響かせる。

積みあげた本の上に無雑作に投げ出してあったスマートフォンの表示を見れば、そこにはシモンの名前がある。

先ほどから何度目になるのか。

「――ったく、しつこいな」

仕方なく電話を取ったアシュレイに、シモンが開口一番に言った。

『やっと通じた。──もしかして、南極にでも行っています？』

「うるさい。──なんの用だ？」

『ユウリが一緒のはずですよね？』

眉をひそめたアシュレイが、確認する。

「ミッチに聞いたのか？」

『──いえ』

そこでいぶかしむ声になったシモンが、訊き返す。

『ということは、バーロウは復帰したんですか？』

「ああ」

『なるほど』

一瞬、なにか考えるように間を置いたシモンが、『それはともかく』と話を進める。

『ユウリとずっと連絡が取れないんですけど、彼はなにをしているんですか？』

「──さあ」

『さあって、どういうことです？』

「あいつがどこでなにをしているか、見当もつかないって意味だよ」

『それって、ずいぶんと無責任ではないですか？』

「ああ？」

眉をひそめたアシュレイが、「言っておくが」と皮肉げに告げる。

「俺は、あいつの保護者じゃないぞ」

『わかってますよ。そんなこと、頼むつもりもありませんし。――ただ、例によって例のごとく、なにが起こるかわからないような場所に連れ出しているのであれば、それなりの配慮ってものが必要でしょう。それでなくても、ユウリはいざとなると危険を顧みない無謀なところがあるんですから』

「へえ」

アシュレイが、パラッと手元の資料をめくりながら言う。

「つまり、お前は、この場所のことを調べたんだな？」

『別件ですけどね』

肩をすくめたアシュレイが、「それで」と訊き返す。

「結局、なんの用だ。――俺があいつを連れ出すのはいつものことでとやかく言われる筋合いはないし、用がないなら切るぞ」

『だから、所在確認ですよ』

シモンが端的に告げ、理由を説明する。

『ユウリは、かれこれ一時間ほど前に、母親からの電話でクリスが行方不明になったと知らされ、大至急、そちらを出るはずだったんです』

「出るって、どうやって？」

いぶかしげに訊き返したアシュレイが付け足した。

「車の鍵は、俺が持ったままだぞ」

『ですから、「出るはずだった」と言ったでしょう。――「急いで戻る」と言って電話が切られたあと、クリスが見つかったことを連絡しようにも、ユウリと電話がつながらず、僕のほうに連絡が来たんですよ。それで手を使って調べてみたら、スマートフォンの位置情報では、ユウリがまだそこにいることになっていて』

「……位置情報ね」

小さくつぶやいたアシュレイが、それでもソファーから立ちあがり、窓辺に寄りながら電話を続ける。外は、今にも雨が降り出しそうで、どんよりとした黒い雲が空を覆い尽くしていた。

「車はあるし、タクシーでも呼んでない限り、あいつがまだここにいるのは間違いないだろう。――問題は、どこにいるかだな」

今度は廊下に出て左右を見まわしたあと、シモンに言う。

「とりあえず事情はわかったから、切るぞ。あとは、こっちでなんとかする」

『ご冗談を。――僕も、あと数分でそちらに着くので、話はまたその時に』

「は。その前に、雷に打たれないよう気をつけるんだな」

そこで電話を切ったアシュレイは、小さく舌打ちして歩き出す。

「――たく。迷子になるくらいなら、出歩くんじゃない。なんでいい歳《とし》をして、そんなこともわからないんだ、あいつは」

もちろん、そこには、そういうユウリから目を離した自分への苛立《いらだ》ちも含まれている。

だからこそ――。

「今度、勝手な真似《まね》をしたら、『ウネン・バラムの書』みたいに首に鎖を巻きつけてやるから覚悟しろ」

そんな台詞《せりふ》を言いたくもなるのだろう。

外に出たアシュレイは、念のため、自分の車の所在確認をしてから、南側の庭園を目指して歩いていく。ユウリが他のツアー客と合流した可能性を考えたのだ。

その間、ずっとユウリのスマートフォンに電話し続けた。パスカルと違って正式な許可こそなかったが、アシュレイもユウリのスマートフォンを遠隔操作することができ、すでに消音機能はオフにしてある。だから、近くに行けば、少なくともユウリのスマートフォンは見つけることができるだろう。

問題は、そこにユウリがいるかであった。

ただ、今のところ、ユウリのスマートフォンの着信音はどこからも聞こえず、そうこうするうちに、向かいから血相を変えて走ってくるアダムを見つけた。

アシュレイに気づいたアダムが、たたらを踏んで声をかけてくる。

「あ、アシュレイ。姿が見えないと思ったら、どこでなにをしていたんだい？」

「別に。やるべきことをやっていただけだ。――それより、ユウリを見てないか？」

「見てないよ。こっちには来なかったから、てっきり君と一緒にいるのだとばかり」

言ったあとで、ふたたび走り出す素振りを見せつつ、アダムが言う。

「それより、大変なんだ。なんでも、今朝方、ドローンを飛ばしていた人が、この先の人工池に車のようなものが沈んでいるのを見つけて、警察に知らせたそうなんだけど」

「ああ、来る時、引きあげているのを見た」

「そうなんだ。――でね、引き上げられた車のナンバーを警察が照会したら、どうもその車、マイクのものらしくてさ。びっくりだろう？」

自分の感情を押しつけつつ、アダムは続ける。

「ちょっと前に父のところに来た帰りに事故に遭ったみたいで……。もっとも、まだ肝心の死体は見つかっていないということだから、はっきりと死亡が確認されたわけではないんだけど、本当に驚いているよ。しかも、事故当日のこととかいろいろ事情を聞きたいみたいで、僕、これから警察に行くことになったんだ」

「なるほど」

さまざまな情報が錯綜《さくそう》する中、アシュレイはある一点を取りあげて言う。

「ということは、ケアードは退院したブランドン・フィッツロイに会ったのか」

「うん。——ここだけの話、ソーントン・アビーの売却を撤回した父に、ここを幽霊ホテルにする計画を相談しに来たんだよ。なんか、その時には、話がまとまったようなことを言っていたんだけど、まさか、その後、事故に遭っていたなんて……」

表情を翳《かげ》らせたアダムが、すぐに「ああ、でも、とにかく」と言う。

「僕はちょっと行ってくるから、あとは好きにやってくれ。ほら、空は雨模様になってきているし、他のみんなは、もうちょっとしたら、『マクレガー家の隠し財産』を探すのはやめにして、村のパブにでも繰り出そうって言っていたよ。だから、よければ君たちも一緒に行ったらどうだい。——もちろん、うちの冷蔵庫にもちょっとしたつまみくらいならあるし、とにかく、なにかあったら、スマホに連絡をくれたらいいから」

それから少し離れた場所に停められていた車に乗り込み、アダムが去っていくのを見送っていると、今度は頭上からヘリコプターのモーター音が聞こえてきた。

見あげると、一度館の上を旋回した機影が、ふたたび遠ざかり木々の向こうに消える。

おそらく、シモンだ。敷地内に降りる場所を見つけられなかったため、ふもとの開けた場所に着陸して、あとは徒歩で来るつもりだろう。

「ご苦労様なことで——」

皮肉げにつぶやいたアシュレイは、遠くで光った稲妻に背を向けると、まずは館まわりの捜索から始めた。ソーントン・アビーに向かう車中、ユウリが耳鳴りがするというようなことを言っていたのを思い出し、頭を打った後遺症で脳梗塞《のうこうそく》でも起こし、どこかで倒れている可能性にも思い至ったからだ。

(本当に)

アシュレイは、ユウリのスマートフォンに電話しながら小さく首を振る。

(今さらながら、取り扱い要注意だな、あいつは——)

5

アシュレイの予測どおり、ふもとでヘリコプターを降りたシモンは、ソーントン・アビーまで歩き、二階にあがったところで、書斎に入ろうとしていたアシュレイを見つけて文句を言う。

「アシュレイ。——この非常時に、メールを無視しないでくれませんか?」

それに対し、足を止めずに書斎に入っていったアシュレイが応じる。

「ずいぶんと遅かったじゃないか」

「仕方ないでしょう。玄関ベルを鳴らしても誰も出てこないし、さすがに勝手に入っていいものかどうか悩んでいたら、庭のほうからどやどやと人がやってきて、そのまま車に分乗して出ていこうとしたので、『コリン・アシュレイに用があるんですけど、どこに行けば会えますか』と尋ねたんですよ。そうしたら、たぶん中で『マクレガー家の隠し財産』を探しているはずだと教えてくれて、さらに四階以外は勝手に入っても大丈夫だと言われたので、一階から見てまわったんです。——おそらく書斎だとは思いましたが」

「ふうん」

聞いているのかいないのか。生返事をしたアシュレイに、シモンが訊く。

「それで、ユウリは見つかりましたか？」

「見つかっていれば、ここにいるだろう。つまらない質問をするな」

「偉そうに言わないでください。——まったく、貴方といれば、少なくともこんな事態だけは避けられると思っていたのに、うっかり信じた僕がバカでしたよ。『コリン・アシュレイ』という人間を過大評価していたってことですね」

それに対し、フッと鼻で笑ったアシュレイが言い返す。

「それは、手前勝手な幻想を押しつけているだけだろう。——まあ、高慢なお貴族サマらしい考え方とも言えるが、何度も言うように、俺は、あいつの保護者じゃないんだ。あいつが勝手にやらかすことに関して、責任を負う気はさらさらない。その点、境界線を逸脱しているお前と一緒にしないでほしいね」

言い切ったあとで、「もっとも」と意地悪く付け足す。

「リクエストもあることだし、いっそのこと、あいつの首にもっと頑丈な鎖をくりつけてやってもいいと思い始めているのはたしかだが」

「鎖——」

それはそれで厭《いと》わしいことだと思い、シモンは秀麗な顔をしかめる。ただ、自分の主張を突き詰めればそういうことにならざるを得ないわけで、小さく溜息《ためいき》をついたあと、少し反省を込めて言う。

「たしかに、ちょっと言い過ぎました。冷静さを欠いていたというか」

それから、善後策に意識を向けて続ける。

「とりあえず、ヘリの中で、もう一度パスカルに確認してもらったんですが、やはりユウリのスマホの位置情報はこの館内を示しているようなので、ユウリがここにいるのは間違いないと——」

言いかけたシモンの言葉に被《かぶ》せるように、アシュレイが言う。

「スマホは、な」

「スマホは？」

反射的に訊き返したシモンの前に、アシュレイが振り返りながらポンと一台のスマートフォンを投げ出した。

「今しがた、見つけた」

見覚えのあったシモンが、水色の瞳を見開いて訊く。

「これ、ユウリのスマホですね。――どこにあったんですか？」

「四階」

「――立ち入り禁止の？」

「ああ。ただ、すべての部屋を見てまわったが、ユウリはどこにもいなかった」

「大変だ。早く見つけないと――」

慌てて書斎を出ていこうとしたシモンだが、アシュレイがそれとは反対に、奥の書見台のほうへ向かうのに気づいて足を止める。

「――なにをしているんです？」

「もちろん、ユウリの居場所を考えている。お前と違って、俺は頭脳派なんでね」

あっさり返され、シモンはそれも一理あると思い直す。ユウリのことを考えると、どうしても焦りを禁じ得ないが、言われたとおり、闇雲《やみくも》に捜しまわったところで、見つかるものでもないだろう。

そこで、自分よりも一手も二手も先をいっているはずのアシュレイに尋ねた。

「なぜ、四階だけが立ち入り禁止なんでしょうね？」

「それは、ブランドン・フィッツロイが養生しているからなんだが、いるべきはずの奴の姿もなかったよ」

「ブランドン・フィッツロイ――」

記憶を辿るように繰り返したシモンが、これまでに知り得た情報を開示する。

「ブランドンというと、仕事中に脳卒中で倒れ、意識を回復しないままロンドンの病院に入院していたのが、最近になって奇跡的に回復し、その後、妻子の手で進められていたこの売却話を白紙に戻したという、フィッツロイ家の現当主のことですね」

「ああ」

「でも、そうなると、ユウリがいなくなったことに、フィッツロイ家の人間が絡んでいる可能性がでてきますけど?」

「そうだが、なにか不都合でもあるのか?」

「――いえ」

ためらいがちに応じたシモンが、「ただ」と言う。

「いくら事業が傾いたとはいえ、いちおう名のある家柄であれば、本当にそんなことをするのかと思って」

すると、憐《あわ》れむようにシモンを見たアシュレイが、「お前は」と言う。

『青髭公《あおひげこう》』を知らないわけではないだろう?」

「ああ、たしかに」

「他にも、『串刺《くしざ》し公』やエリーザベト・バートリーなど、城主と呼ばれるような『名のある家柄』の人間が、歴史上、どれほど一般人に対して残虐なことをしてきたか」

「そうですね」

認めたシモンが、「でも、それなら」と自問自答するようにつぶやく。

「本当にフィッツロイ家の人間が、ユウリをどこかに監禁している？」

「まあ、それが『フィッツロイ』なのか、『マクレガー』なのか、そうではないなにかなのかは、わからないがね」

「『マクレガー』？」

新たな名前があがったところで、ふたたび記憶を辿ったシモンが「それって」と確認する。

「十九世紀にこの館を建てた人ですね。その後、連続幼児誘拐殺人の犯人として絞首刑になったウィリアム・マクレガー。通称『ブラッディ・ウィリー』」

「そのとおり」

記憶の正確さが保証されたところで、シモンが根本的な疑問に立ち戻って尋ねる。

「そういえば、そもそも、ユウリはなぜソーントン・アビーと関わることになったんですか？」

尋ねつつ、推測を重ねる。

「もしかして、その『ブラッディ・ウィリー』の幽霊を排除する必要があったとか？」

「だから、それは」

アシュレイが片手をひらりと振って、面倒くさそうに応じる。

「『フィッツロイ』なのか、『マクレガー』なのか、そうではないなにかなのかはわからないと言っただろう。——ただ、あいつがここに来るきっかけとなったのは、すでに亡くなっているアダムの祖父、アーネスト・フィッツロイが『ミスター・シン』に預けたあるものを捜すためだ」

「あるもの？」

「そう。今しがたミスター・シンから来た報告によると」

自分のスマートフォンを振りつつ、アシュレイが教える。

「それは、『ジャガーの爪《つめ》』だそうで、おそらくユウリは、あの時、病院に担ぎ込まれる直前まで、『アルカ』の地下倉庫でそれと関わっていたんだろう」

「『ジャガーの爪』……」

繰り返したシモンが、尋ねる。

「呪《のろ》いの道具かなにかですかね？」

「いや」

他に気を取られているのか、アシュレイは書見台に手を滑らせながら否定し、半分うわの空で「もっと悪いな」と続けた。

「なにせ、神への捧げものに使う道具であったと考えられるからだ」

「神への捧げもの――」

厳かに繰り返したシモンが、「それって、つまり」と言い換える。

「生贄を捧げる時に使われたということですか?」

「ああ」

アシュレイが肯定したのを受け、これまでの話の内容を吟味するように黙り込んでいたシモンが、ややあって口を開いた。

「なんか、僕はすごく嫌な想像をしてしまうんですが、その『ジャガーの爪』が生贄の血を求めているのだとしたら、かつてウィリアム・マクレガーが子供を誘拐して殺したのも、それに操られてのことと考えられなくもないし、今現在起きている幼児誘拐も、それが関係しているのではないかと」

「想像ではなく、それが事実だろう」

認めたアシュレイに、シモンが訊き返す。

「なぜ、断言できるんです?」

「ここに、書いてあるからだよ」

書見台の上に鎖でつないである書物を示して言ったアシュレイが、少し苛立った口調で「だが、いいか」と忠告する。

「ユウリを早急に見つけたいのであれば、これ以上、横からごちゃごちゃ言うな。気が散る」

頭脳派のアシュレイは、シモンと話しながらもフル回転で考え事をしていたようだ。

「――わかりました」

口をつぐんだシモンが、代わりにアシュレイの横に立ち、問題の本を覗きこんで表紙の裏に書かれた文言を読みあげる。

「天の十字路へと通じる道は、赤の方角に開かれる――」

それを受けて、アシュレイがコメントした。

「かつて、このソーントン・アビーを建てたマクレガーの目的が、生贄の儀式を行うためであったと考えると、おそらくその文言が示す『天の十字路』こそ、儀式が執り行われるための秘密の聖域であり、きっとユウリはそこにいる。――問題は、その場所なんだが」

「よくわかりませんが、『天の十字路』……ですか」

つぶやいたシモンが、「もし」と告げた。

「その十字路が『聖アンデレの十字架』でもよければ、先ほど、ヘリでこの館の上空を通った時に、屋上にそれらしい通路が見えましたよ」

「聖アンデレの十字架――」

繰り返したアシュレイが、「なるほど、『X』か」と納得する。

「となると、やっぱり屋上なんだな。二つある階段塔から屋上に出られないのが気になっていたんだが、とどのつまりが、この館のどこかに、屋上に通じる隠された階段があるということだ」

「それが、赤の方角？」

『ウネン・バラムの書』に書かれた文言を受けて考え込んだシモンが、言う。

「中国思想なら赤が示すのは南になるのでしょうけど、生贄の血というのは、僕の印象では、むしろアステカ文明などメソアメリカを思わせる」

「そのとおり。――それは、世界を支える蓮の下のワニという構図にもしっかり表れているしな」

人さし指をあげて認めたアシュレイが、続ける。

「実を言うと、片や『キョンシー』、片や『ゾンビ』など、中国思想とメソアメリカにはけっこう共通する宗教観や死生観が多いんだが、四方に色を配する点も似ている。――ただ、両者では方角を示す色が違い、中国が東に青、南に赤、西に白、北に黒、中央に黄色を配すのに対し、アステカなどでは、場所や時代で若干の違いがあるものの、東に赤、南に黄、西に黒、北に白が当てられることが多い」

「東に赤……」

繰り返したシモンが、まわりをぐるりと見まわして言う。

「でも、この位置からの東だと、壁になっている書棚があるだけですね」

それから改めて書見台に目をやり、「そういえば」と告げる。

「最初に見た時から違和感があったんですけど、個人の書斎にこんな大きな書見台が置かれているというのも珍しいですよね。ここが教会とかならわかりますが、なにか意味があるんでしょうか？」

「大ありだろう」

認めたアシュレイが、「さっき、お前が言ったように」と続けた。

「マクレガーが聖アンデレの十字架をモチーフにしたなら、この書見台の四隅にはめ込まれた宝石の色も意味を持つ」

「ああ、なるほど」

洒落《しゃれ》た造りの書見台の台座には、それぞれの角にレッドオニキス、アラゴナイト、オブシディアン、マザーオブパールといった石がはめ込まれている。あまり意味を持たないように思えたそれらの石にも、しっかり意味があるのだとしたら——。

シモンがスマートフォンを操作して方角を確認する。

「ああでも、残念ながらずれていますね。台座を九十度回転させるとそれぞれの色が、先ほどアシュレイがおっしゃった方角に合致——」

そこまで言いかけたシモンが、「あ、まさか」と推測する。

「この書見台が、天の十字路へ通じる入り口を開く鍵になっている？」

「間違いなく、そうだ」

そこで二人は、書見台をあちこち触り、やがてアシュレイがワニの彫刻の中に四角いボタンが隠されているのを見つけた。

「あったぞ」

言うなり、ボタンを押す。

とたん。

カチッと音がして書見台の台座が浮き、手で押すだけで簡単に回転させることができるようになる。そして、四方の方角と宝石の色を正しく合わせた状態でふたたび台座を上から脚に押し込むと、今度はガチャッとかなり重い音とともに目の前の書棚の一部が浮きあがり、そこに隠し扉が現れた。

これぞまさに、「ひらけ《オープン》、《ザ》ゴマ《セサミ》」である。

「開いた――」

叫んだシモンが中に踏み込もうとした、その時だ。

「そこから離れろ」

背後で脅すような声がしたので振り向くと、入り口の扉の前に見たことのない男が立っていた。看護師のような服を着た、がっちりとした体格の男である。恐ろしいことに、その手には猟銃があって、銃口がピタリとシモンに向けられている。

アシュレイが言う。

「――お前は、ブランドンの世話係か？」

だが、それには答えず、男は言った。

「いいから、離れろ。天の十字路に入れるのは、神に選ばれた者だけだ」

青黒く隈《くま》のできた目。その中で輝く瞳は熱を帯び、現実ではないなにかを見すえているようである。

どうやら、「ジャガーの爪」に操られているのはブランドン一人ではない、と見て取ったシモンが、一瞬、アシュレイと視線を合わせた。

それから、一呼吸置き、男の背後を見て鋭く叫ぶ。

「――危ない！」

男が示した行動は、人間としての生存本能だろう。ハッとしたように背後を振り返って安全を確認し、すぐさま顔を戻す。騙されたと知って怒りが湧《わ》き起こるのは、その途中からであったが、アシュレイにとっては、その数分の一秒の間隙《かんげき》で十分だった。

男が猟銃を構え直した時には、アシュレイの重い蹴《け》りが銃口に迫っていて、蹴飛ばされた衝撃でズドンと鈍い音をさせて火を噴いた銃弾が、虚《むな》しく天井の一部を削り取って終わった。そのまま目に見えない速さで男を取り押さえたアシュレイの脇で、シモンが床に落ちた猟銃を拾いあげる。

見事な連携プレイだ。

そんな彼らの背後では、窓の外が白光に染まり、すぐに頭上でドオンと重い音が響きわたった。

その衝撃で、建物全体がわずかに揺れる。

落雷――。

屋上に雷が落ちたらしい。

ハッとしたシモンが開いたばかりの隠し扉を抜け、その奥にあった螺旋《らせん》階段を一気に駆けあがっていった。

第五章　雷神の落とし物

1

それより少し前。

ソーントン・アビーの四階の廊下で誰かに殴られて気を失ってしまったユウリは、奇妙な夢を見ていた。

彼は、空と大地の狭間《はざま》に立っている。

あるのは、緑と岩。

それ以外、なにもない。

見渡す限り、大自然が広がる。

遥《はる》か昔、人間は、これくらい圧倒的な自然の中に身を置いていたのだろう。

自然界の息吹がむせ返るような濃度でユウリに迫り、そこから湧きあがる「恐れ」が、いつしか見えない力に対する「畏《おそ》れ」へと変わる。

（力が巡る――）

魂に流れ込んでくるエネルギーを感じながら、彼は片手に猛獣のものと思われる鋭い爪《つめ》を持ち、もう片方の手には屠《ほふ》られたばかりの動物の首を握っている。

その手は生温かい血にまみれ、ある種の興奮が全身を貫く。

夢の中でユウリが唱えた。


――母なる大地よ。贈り物をその手に還《かえ》す。受け取りたまえ。

――その血が大地を巡り、種を育《はぐく》み、新たな循環の始まりとなるように。

――我ら、受けた恵みは、あますところなく母のもとへと還さん。


それは、間違いなく生贄《いけにえ》の儀式であり、流された血が大地に撒《ま》かれた瞬間であった。ただし、その血はただ流されたわけでも、無駄に流されたわけでもない。

（余すところなく――）

ユウリは、夢を見ながら繰り返す。

（大地より生まれたものは、すべて大地に還る）

水も。植物も。動物も。人間も。

肉も。骨も。その血も、すべて――。
循環の中に広がったユウリの意識の端に、その時、子供の泣き声が入り込む。
子供が泣いている。
恐れと不安の中で。
（……ああ、泣かないで）
ユウリは、思う。
（大丈夫だから、泣かないで）
そんなユウリの頬《ほお》に、ポツリと冷たいものが落ちる。
ポツリ
ポツリ
それは、誰かが流す血か。
それとも、涙か。
だけど、生命を感じさせるような生温かさはなく、あくまでも冷たい。
（これは、空が流す涙かもしれない）
ポツリ
ポツリ
やがて、その冷たさで目を覚ましたユウリは、自分が雨の中、硬い床に横たわっていることに気づいた。下側の頬がざらざらとした床に当たり、もう片方の頬を降り出したばかりの雨が濡《ぬ》らしていく。

どれくらい、そこに横たわっていたのか。

身体の芯《しん》が冷えている。

さらに、頭のどこかがズキズキと痛む。

最悪のコンディションで横になったままゆっくり視線を動かすと、前方の突端の壁のそば、おそらく塔の外壁に当たるところの前に一人の男が立っていた。どことなく尋常ではない空気をまとう男だ。

(死人……?)

いや、間違いなく生きている。ただ、そこにその人自身の生々しい意思のようなものが感じられない。魂が抜け落ちてしまっているかのようだ。

よく見れば、その手にはサバイバルナイフが握られている。さらに、胸からぶらさがっているのは、なにかの動物の爪のようだ。

ユウリは、その爪に見覚えがあった。

おそらく、夢の中でユウリ自身が手にしていた爪と同じものだろう。

(爪……)

ユウリは、なにかを思い出しかける。

（そう、爪だ。あの時も僕は――）

だが、その思考は、泣き叫ぶ少年の声にかき消された。

男の足元には、気を失う前に四階の部屋で見つけた少年の姿があった。その顔は恐怖に歪《ゆが》み、必死で命乞《いのちご》いをしている。

「助けて、殺さないで――」

ただ、残念ながら、彼らがいるのは細い通路で、両脇《りょうわき》は高い石壁だ。ゆえに、泣き叫ぶ声は周辺に広がることなく、壁に沿って這《は》い上《あ》がり、やがて空に向かって虚《むな》しく消えていくだけだろう。

男は、少年の命乞いなど耳に入らない様子で、なにか呪文《じゅもん》のような言葉をぶつぶつつぶやいている。なにを言っているのか、ユウリには皆目見当がつかなかったが、男がやろうとしていることだけは明白だ。

生贄として、少年の命を奪おうとしている。

だが、なんのために？

無駄なものなど一つもあってはいけないのに、なぜかこうして無益に血は流され続けてしまう。

いったいなぜ。どこで、人は間違えてしまったのか。

（駄目だ……）

ユウリは、思う。
（そうじゃない。間違った血が流されてはいけない。大事なのは、循環なのに――）
――それなのに、時が経《た》つうちに彼らはその意味を見失ってしまった
――血は、なんのために流されたのか？

血が流される理由。

それは生きる術《すべ》であり、自然界の法則の一部だった。

（捧《ささ》げるために流されるのではなく、流されたから捧げられた）

その順番を間違えては絶対にいけないのに、人間はどこかで間違えてしまった。流さざるを得なかった血を感謝とともに捧げるのではなく、私欲を満たすために神に祈り、力を増すために血を捧げ始めた。


――過ちが正されなければ、無益に血は流され続ける

かつて誰かがユウリに告げたことを、今はっきりと思い出したユウリは、ふらつく身体を起こし、必死で四大精霊を呼び出す。

「火の精霊《サラマンドラ》、水の精霊《ウンディーネ》、風の精霊《シルフィード》、土の精霊《コボルト》。四元の大いなる力をもって、我を守り、願いを聞き入れたまえ」

とたん、通路の四方から漂ってきた輝ける光が、ユウリのまわりで互いに溶け合うように渦を作ってグルグルとまわり始めた。それを待つのももどかしそうに、ユウリが請願を口にし、その成就を神に祈る。その間にも、男が高々と振り上げたナイフが、幼い少年の上に振り下ろされようとしている。

「流されてはいけない血は流されないまま、欲望にまみれた情念を、その浄化の炎で焼き尽くせ。幼き命を、正しき循環の手で守りたまえ、アダ　ギボル　レオラム　アドナイ」

間に合うか。

間に合わないか。

ユウリが言い終わったとたん、四つの光が絡み合いながら一つの輝きとなって、男の持つサバイバルナイフに向かって走る。

同時に、虚空を切り裂き、空から稲妻が降ってきた。

反射的に少年の上に身を投げ出したユウリの背後で、閃光《せんこう》が炸裂《さくれつ》する。

わずかに遅れて、ドオンと腹に響くような重い音がして、びりびりと電流が身体を抜けていくのがわかった。

さまざまなことが一気に起こり、なにがどうなっているのかはわからなかったが、ユウリはその一瞬、閃光の中からジャガーのような四足動物が現れ、その場に倒れ伏すユウリたちのまわりを巡ってから流線形をとって壁をかけあがり、そのまま暗い空に昇っていくのを見たように思った。

ふたたび、空で雷鳴がとどろく。

だが、それを最後に雷鳴は静まり、あとは屋上に細い雨が降り注ぐだけとなる。

(――終わった?)

身体を起こしたユウリが空を見あげると、雲間に輝く稲妻はすっかり勢いをなくし、切れかけた電気のように静かに瞬きながら徐々に遠ざかっていく。

やはり終わったのだろう。

床の上で丸まって震えている少年の背に手を伸ばし、ユウリが安心させるようにそっと撫《な》でてやる。

「大丈夫。もう心配ないから」

もっとも、すぐそばに雷に打たれて死んだ男が横たわっているので、子供でなくても安心できる状況とは言えない。そこで少年を起こして階下に連れていこうと思ったユウリは、足元に黒こげになった爪のようなものが落ちているのに気づいて拾い上げた。

とたん、そこから記憶が流れ込むように、自分が「アルカ」でこの爪を取り出していた時のことが思い出される。

（ああ、そうか。やっぱりこの爪——）

だが、すぐにかたわらの少年が不思議そうに自分のことを見あげているのに気づき、ユウリはそれをポケットにしまう。おそらく、これに憑《つ》いていたものは完全に祓《はら》われたはずだが、捨てておくのもなんだと思ったのだ。

改めて少年の手を引いて歩き出したユウリの前方では、十字路の中心にある階段塔の扉が開き、そこからシモンが飛び出してきた。

「ユウリ——」

叫びながらあたりを見まわす神々しい姿を見て、心底ホッとしたユウリが、同時に驚きも露《あらわ》に声をかける。

「シモン——？」

その高雅な姿を見られたことは嬉しいが、ロンドンにいるはずのシモンが、なぜこんなところにいるのか。わからないまま、走り寄ってきたシモンの両腕に抱きしめられ、耳元でホッとしたように言われる。

「ああ、よかった、ユウリ。無事で」

「ありがとう」

だが、すぐに身体を離したシモンが、ユウリの後頭部を慎重に触りながら言う。

「いや、無事じゃないね。またケガをしている——」

「たいしたことはないから平気。――それより、なんで、シモンがいるの？」

「それは、君のお母さんから連絡を受けて」

「母？」

その単語から芋づる式にそれまでのことを思い出したユウリが「あ、そうだ！」と慌てて言う。

「実は、クリスが行方不明で――」

それに対し、シモンが「大丈夫」と報告する。

「クリスは、君に連絡がいってからしばらくして、ヒースで迷子になっているところを保護されたんだ。それで、そのことを君に知らせようとしたら、今度は君のほうが音信不通になってしまったとミツキが心配して僕に電話してきたってわけさ」

「そうなんだ。よかった」

クリスが無事と知って胸を撫で下ろしたユウリに、シモンが「それより」と背後を顎《あご》で示して尋ねる。

「君のほうこそいろいろあったみたいだけど、まず、あそこに横たわっているのは、ブランドン・フィッツロイ？」

「あ、えっと、名前はよくわからないけど、お気の毒なことに、雷に打たれて亡くなられたんだ」

詳細は省いたが、シモンにはおおよその状況がわかっているようであった。

「それは、たしかにご愁傷様、だな。——でもまあ、それが神のご意思なのか。そもそも今の彼を動かしているのが、本来のブランドンだったのか、そうじゃないものだったのか、もはや怪しいくらいだから」

「そうだね」

漆黒の瞳を翳らせたユウリが同調すると、シモンが「それなら」と訊く。

「その子が、ロンドンで誘拐された子供だね？」

シモンの視線を追って少年を見れば、彼はどこか所在なげにモジモジしている。

「ああ、うん。たぶんそうだと思う。——事情はまだ聞いてないけど、とにかく早く雨に濡れないところに連れていってあげないと風邪を引いてしまうと思って」

「たしかに」

シモンはうなずきながら自分の上着を脱いで少年の頭からかけてやると、ユウリと連れ立って歩き出した。

2

その後、救急隊と警察が呼ばれ、ソーントン・アビーは大混乱に陥った。

なにせ当主が雷に打たれて死亡し、その場には、どういうわけか、ロンドンで誘拐された少年がいたのだ。

なぜそこにいたのかは、すぐに少年の口からたどたどしく語られた。

おかげで、警察官と一緒に館《やかた》に戻ってきたアダムは、完全にパニック状態だ。

父親が亡くなったうえに幼児誘拐の罪に問われているのだから当然と言えば当然で、警察の事情聴取に対し、ひたすら「わからない」と繰り返し、「戻ってきてからの父は、まるで人が変わったみたいでした」と話すのが精一杯のようだった。

それとは別に、アシュレイが取り押さえた下働きの男も、あのあと、憑《つ》き物が落ちたようにおとなしくなり、保身のためだろうが、ブランドンに強要されて仕方なく手を貸したと言い張った。

「退院してきてからのブランドン・フィッツロイは、どこかおかしかった」

そんな証言を受け、地元警察とロンドン警視庁は、ロンドンで起きた幼児誘拐事件について、脳卒中の後遺症で精神的に異常をきたしたブランドンが、発作的に起こした犯行とみなすことにしたようだ。

ソーントン・アビーの歴史を考えると、これらのことが後日マスコミやネットでいろいろ取《と》り沙汰《ざた》されるのは必至であったが、今は、そのおかげで、ユウリたちは、たまたま客として館に滞在し、運悪く事件に巻き込まれた被害者という以上の詮索《せんさく》はされずにすんだ。

特にユウリは、身の危険を顧みずに少年を助けた英雄として、警察官からお褒めの言葉をもらったくらいで、他のこまごました聴取は、ユウリが近くの病院でケガの手当てを受けている間に、アシュレイとシモンが処理してくれた。

そうして、なんとか夜のうちにロンドンに戻り、迎えた翌朝。

「アルカ」の入っているビルの上階にある私室で食事を取りながら、シモンとユウリとアシュレイは、昨日は時間がなくて話せなかったことを語り合う。

ちなみに、ふだんはさらに上階にある部屋を使用するアシュレイがここにいるのは、勝手に押しかけてきて居座っているだけで、しかも、ちょっと目を離した隙《すき》にユウリが自身とシモンのために作ったスクランブルエッグやサラダを奪われてしまった。それでも、自分の分のお皿が消えたことにユウリが首を傾《かし》げたのは一瞬だけで、すぐさま文句も言わずにキッチンに戻ると、新たに卵を割って調理する。

その間にトーストが仕上がり、あたりにはパンとバターのいい匂《にお》いが漂う。

「――で」

漆塗りのコーヒーカップを置いたシモンが、言う。

「昨日は話が途中になりましたが、貴方《あなた》があそこで読んでいた、あの書見台の上の本はなんだったんですか？」

ユウリからキツネ色のトーストを受け取りながら、アシュレイが答える。

「あれは、フィッツロイ家が門外不出としていた秘伝の書、『ウネン・バラムの書』だ」

「『ウネン・バラムの書』?」

同じくユウリからトーストを受け取ったシモンが、その一瞬、ユウリと視線を合わせたあとで訊き返した。

「聞いたことがないですね。なにについて書かれた本なんですか?」

「ずばり、生贄の儀式だな」

応じたアシュレイが、「あの書は」とちぎったトーストを振りながら説明する。

「十九世紀に、例の『ブラッディ・ウィリー』ことウィリアム・マクレガーが所有し、あの表装を施したんだが、原本と思われるものが書かれたのはおそらく十七世紀で、その内容からして、本来は、当時、メソアメリカで布教に従事していたフランシスコ会系の宣教師の日誌だったと考えられる。そこから主に生贄の儀式を抜粋した写本なんだろう」

「フランシスコ会系の宣教師……」

新たに作ったスクランブルエッグとサラダ、さらにトーストを一緒にお皿に載せて席に着いたユウリがつぶやき、アシュレイが説明を続ける。

「そうした生贄などに見られる宗教的残虐性もあってだろうが、スペインの占領下において、あの地では、土着の宗教に対して徹底的な弾圧が行われたから、後世に残された資は少ないし、コルテス以前も、現地の部族同士が互いの宗教を駆逐し合っていたきらいがあり、そもそものこととして、体系的な宗教がないと言ってもいいくらいだ。ただ、まったくないかというと、概念的な意味合いでの単一性は認められる」

「ああ、それは、わからなくもないですね」

シモンが同調し、「ヨーロッパや中近東だって」と卑近な例を取りあげて続ける。

「ユダヤ教、キリスト教、イスラム教などの一神教が台頭してくるまでは、それぞれの部族が信仰する固有神の押しつけ合いだったわけですが、では、まったく違う宗教観かといえば、そうでもない。要は、誰が偉いかの争いであって、理念そのものは共通していたりする。そういう意味では、ユダヤ教やキリスト教が絶対神の名前を伏したことは、それが普遍的な宗教となるうえでの鍵《かぎ》だったと言えなくもないですから」

「そういうこった」

認めたアシュレイが、「まあ」と言う。

「当時のヨーロッパの政治情勢から鑑《かんが》みて、彼らの植民地支配というのは経済的搾取と宗教的支配の両軸であり、その片翼を担う教会から派遣された宣教師は、新天地で布教活動に勤《いそ》しんだ。そしてその際、現地で見つけた金銀財宝はもとより、宗教的な芸術品の多くも強奪し、神聖ローマ帝国の皇帝やローマ教皇へ献上している。当然、今回問題となっている『ジャガーの爪』も、そういった流れの中で奪われたものだろう」

「なるほどねえ」

相槌《あいづち》を打つシモンの横で、ユウリが感慨深げにつぶやく。

「『ジャガーの爪』……」

それから、「そうか。あの爪は、ジャガーのものなのか」と納得していると、そのつぶやきを聞き逃さなかったアシュレイが、話の途中であったにもかかわらず、指を突きつけるようにして即座に「いや」と否定し、訂正した。

「早トチリするな。間抜け。ミスター・シンが見つけた資料によると、あれは、たしかに『ジャガーの爪』と呼ばれるものであるようなんだが、動物学者に鑑定してもらったわけでもDNA鑑定を行ったわけでもないから、お前の言ったような意味でのジャガーの爪かどうかはわかっていない。あくまでも、名称が『ジャガーの爪』だ」

「あ、なるほど」

首をすくめて理解したユウリが、ついでとばかりに尋ねる。

「でも、それなら、なんでジャガーなんでしょう?」

名称だけなら、『ハヤブサの爪』でも『クマの爪』でもいいはずだ。

アシュレイが「もちろん」と答えた。

「可能性として、アレが本当にジャガーの爪であったからとも考えられなくはないが、もう一つ、『ジャガー神』についても、ここで触れておく必要があるだろう」

「『ジャガー神』……」

思うところがあるようにつぶやいたユウリを青灰色の瞳でおもしろそうに眺めつつ、アシュレイは「今も言ったように」と続けた。

「メソアメリカの宗教は地域や部族によって神々の名称などがまちまちなんだが、根源を探ると、紀元前に栄えた先古典期を代表するオルメカ文明に集約されることがわかってきていて、そこで崇拝されていた偉大な神の一つが、『ジャガー神』だ。雷雨を司《つかさど》るその神の要素は、のちに、アステカの雨神であるトラロックや、マヤのノオツユムチャクなどの中に引き継がれていく」

「オルメカ文明……」

興味ぶかそうに応じたシモンが、正直に申告する。

「僕なんかの浅薄な知識では、あのあたりの神といえば、『ケツァルコアトル』くらいしか思い浮かびませんが、あれはたしか蛇神でしたよね?」

「まあ、そうだが、それだけでもよく知っているほうだろう」

「どうも」

どちらも形式的に言い合い、シモンが「でも」と彼なりの疑問を呈する。

「政治情勢で言ったら、当時のヨーロッパで、カトリックであるフランシスコ会系の宣教師が手に入れたり書いたりしたものを、どうやって英国国教会のイギリスに持ち込んだんでしょうね？」

コーヒーを飲み干したアシュレイが、カップを軽く振ってユウリにお代わりを要求しつつ「さてね」と答えた。

「まあ、当時も人の行き来はふつうにあっただろうし、宗教書の密輸などは頻繁に行われていたわけで、そうしようと思えば、いくらでも持ち込むことは可能だったろう。もっとも、本を所有していたマクレガーの経歴でわかっているのは、ロンドンに来てからのことだけで、それより前、奴《やつ》がどこでなにをしていたのかは不明だ。――それって、逆に言うと、その間のどこかで、フランスかスペインあたりのフランシスコ会系の修道院に身を寄せた時期があり、その時に『ウネン・バラムの書』の原本となった日誌や『ジャガーの爪』なんかも一緒に手に入れた可能性があるということで、もし、マクレガーが原本となった宣教師の日誌をつぶさに読んでいたのなら、ロンドンで詐欺を働くにあたり、妙にアステカの習俗に詳しかったことにも十分説明がつく」

「なるほどねえ」

つまり、アシュレイはすでにあの書の内容をほぼ把握しているということだ。

シモンが見た限り、そう簡単に読み下せる類《たぐ》いのものではなかったはずで、それをあの短時間で読み解けたのなら、さすがアシュレイとしか言いようがない。

感心しつつ、シモンが具体的な問題に立ち返って訊く。

「それなら、問題の『ジャガーの爪』は、その『ジャガー神』を祀《まつ》るための生贄を求めて持ち主となった人間に悪さをさせていたということですか?」

「悪さ……なのかは知らないが、おおまかなところは、そうなんだろう。『ウネン・バラムの書』によると、『ジャガーの爪』は、長らく『ジャガーの爪』と呼ばれた現地の神官の持ち物だったようで、同じ名を持つ神官に代々受け継がれてきたものらしい。おそらくその歴史から見て、彼らにとっては、とてつもない宝の一つだったはずだ。それを、言ったように、ある時、フランシスコ会系の宣教師が奪い去った。——いちおう、当人が書いた日誌が原本であるから、やんわり『贈られた』と記されていたが、間違いなく奪い取ったはずだ」

「そうですね。——でも、だとしたら、『ジャガーの爪』を『いわくつきのモノ』にしていたのは、その神官の怨念《おんねん》ということになりそうですね」

シモンは決めつけたが、アシュレイは肩をすくめて「どうかな」と言う。

「それがわかるのは、俺たちではないし」

つまり、それこそがユウリの領分だと言いたいのだろう。

「たしかに、そうか」と納得しつつ、チラッとユウリに視線を走らせたシモンの前で、アシュレイが「とにかく」と続ける。

「今も言ったように、『ジャガーの爪』は『ジャガーの爪』と呼ばれた神官に代々受け継がれてきたある種の神宝で、その起源は、どうやら紀元前十一世紀あたりまでさかのぼれるようだから、それこそオルメカ文明などに近い文化圏の神官の持ち物だったんだろう。そして、彼らはジャガーの特徴を有した雷雨の神を崇拝していた」

「雷雨――」

感慨深げにつぶやいたシモンが、今度はしっかりとユウリを見すえて尋ねる。

「言われてみれば、ユウリ。君が病院に搬送される原因を作ったのも、突き詰めれば落雷だったわけだよね？」

「うん」

つまり、最初から雷雨の神に呼ばれていたわけで、そのことを誰よりも知っているユウリに対し、シモンがさらに言う。

「それなのに、君自身は、生贄の血を求めることをせずにすんだ？」

「うん、まあ」

考え込みながら答えたユウリが、「というか」と続ける。

「生贄の血を求めること自体、そもそも間違っていて、……あ、とはいっても、それは道徳的なことではなく、もっと根源的な意味でなんだ」

「根源的な意味？」

「なんというか、求めるのではなく、還すのが正しい――と言えばいいのかな？」

ユウリが考えをまとめるように応じていると、察したシモンが整然と言い直した。

「なるほど。言いたいことはわかったよ。――つまり本来、生贄というのは、その一部を食べる目的で行われる、弱肉強食的自然界の営みを祭事的に表現したものであって、その血を捧げるのは、あくまでも生きるための贄《にえ》を与えてくれた大地への感謝の表れでしかなかったってことか」

「うん、そう」

話が通じたことにユウリがホッとしていると、アシュレイが「それに対し」と補足した。

「マクレガーや、おそらく後期のアステカの神官たちなどが行っていた生贄の目的は、あくまでも願望成就だった。――てことは、そのあたりの認識の歪みが、こいつの呼ばれた理由ということだな」

そのとおりなのでユウリが首を縦に振っていると、アシュレイが「雷雨の神といえば」と勝手に付け足した。

「おもしろいことに、アステカの楽園トラロカンに住むとされたこの神は、雨期には遠雷の轟《とどろ》きの中にその存在を示すとされるが、乾期には、雷に打たれて死んだ人間や溺死《できし》した人間をそばに控えさせることがあるらしく、それらはアステカでは『トラロック』、マヤでは『チャック』などと呼ばれていたようだ」

「トラロック？」

繰り返したシモンが、少し考えてから確認する。

「先ほどたしか、アステカには『トラロック』という雨神がいるとおっしゃっていましたよね？」

「そうだが、もしかしたら、時代がくだるとともに、神の使者に過ぎなかった『トラロック』が雨神に昇格したのかもしれないな。――もちろん、言ったように、あのあたりの宗教体系にはまとまった歴史的資料がないから、あくまでも推測の域を出ないが」

「そうか。……それにしても、水死体をねえ」

シモンがつぶやいていると、アシュレイが「ああ、そうそう」と教える。

「水死体で思い出したが、昨日、アダムが妙なことを口走っていたよ」

それに対し、シモンがまず人物確認をする。

「アダムというと、フィッツロイ家の息子さんですね。父親が問題のブランドン・フィッツロイ。――あんな状況だったからロクに挨拶《あいさつ》もできませんでしたけど、彼、セント・ラファエロでは貴方と同じ学年でしたよね？」

シモンの場合、ユウリと違って、在校時には、しっかり相手の存在を把握していたらしい。これは噂《うわさ》に過ぎないが、シモンもアシュレイも、当時は常に全校生徒の顔と名前が一致していたといわれている。

アシュレイが答える。

「ああ、そうだよ」

「それで、妙なことというのは？」

「彼は、警察から戻ってくる途中、マイケル・ケアードを見かけたらしい」

「マイケル・ケアードを？」

意外そうに繰り返したシモンが、言う。

「でも、彼は車の事故で亡くなったと考えられているんですよね？」

「そうだが、まだ死体は出ていないからな。アダム曰《いわ》く、あれは、絶対にマイケル・ケアードだったそうだ。黒縁の丸眼鏡をかけていたが、身に着けていたスーツは彼が事故に遭う前にソーントン・アビーに着てきたものと同じだったそうで、やっぱり、彼は、まだ生きているのではないかと主張していた。隠れているのは、父親の犯罪に手を貸していたからじゃないかとか、彼のほうが首謀者ってことはないか——なんて、埒《らち》もないことを言っていたが、それ以上に興味深いのは、やはり黒縁の丸眼鏡だろう」

「たしかに」

シモンが同調し、その隣でユウリも感慨深げにつぶやく。

「黒縁の丸眼鏡——」

それは、まさにこのところ目撃されている不審人物の特徴であり、とても深い意味があるように思えた。

そのことを、アシュレイが指摘する。

「ちなみに、アステカでは、『トラロック』のことを彫刻や絵画で表現する際、いくつかこれという特徴をあげることができるんだが、中でも特に、目のまわりを丸く縁取ることが多いので有名だ。――それから考えるに、車の事故で溺死した可能性の高いマイケル・ケアードは、その後、雷雨の神に遣わされ、使者トラロックとしてそのへんを歩きまわっているのではないかってことだ」

「なるほどねえ」

半信半疑といった様子でうなずいたシモンが、「まあ、仮にそうだったとしても」と疑問を投げかける。

「その目的は、なんなんでしょう?」

それに対し、人さし指をあげたアシュレイが、「たとえば」とおもしろそうに答えた。

「神の落とし物を探しに来たとか――」

3

その日の午後、ユウリは、一人で「アルカ」の地下倉庫へおりることにした。

休日ではあったが、「アルカ」自体は開店しているため、朝食のあと、シモンはいったんベルグレーヴィアにある自宅に戻り、ユウリは復帰したミッチェルと交代で、いつもどおり店番に入った。そしてそれぞれの昼休憩のあと、地下倉庫での作業をさせてもらうことにしたのだ。目的はもちろん、本来そこにあるべきだったものを、あるべき場所へ還すことである。

ちなみに、昼休憩から戻ったミッチェルと少し二人きりで話す機会があったのだが、その際、ミッチェルがユウリに言った。

「もしかして、フォーダム。今回の仕事復帰について、僕は、君に感謝するべきなんだろうね？」

「え？」

びっくりしたユウリが、理由を問う。

「なぜですか？」

「それは、もちろん、アシュレイが、なんのメリットもなく翻意するとは思えないのに、こんなにもあっさりと気が変わった背景には、おそらく、君が昨日一日、アシュレイと一緒に出かけていたことと関係しているのではないかと思って」

「──ああ」

納得したユウリが、少し考えてから言う。

「そうですね。もし、昨日の外出が関係しているにしても、僕は、単にバーロウにいてほしいと僕自身が思っていることをアシュレイに切々と訴えかけただけで、感謝されるようなことは特にしていません。むしろ、バーロウこそ、アシュレイからさんざん嫌みを言われるとわかっていながら、よく戻ってきてくれましたよね。そのことに、僕のほうが感謝したいくらいです」

「たしかにねえ」

ミッチェルが、天を仰いで溜息《ためいき》をつく。

「あれには、参る」

「ですよね」

アシュレイの放つ皮肉は、いつだってなかなか的を射ているだけに、言われたほうは怒るより先に落ち込んでしまうのだ。ユウリもしょっちゅう経験しているので、ミッチェルの気持ちがよくわかる。しかも、ユウリは年下だからまだいいが、ミッチェルはアシュレイより年上で、体面もプライドも丸つぶれのはずであった。

ユウリが、苦笑交じりに続ける。

「まあ、そんなわけですから、僕自身、ずっとアシュレイと二人きりでお店を任されるのは考えただけで気が遠くなりそうというか、なんというか……」

もちろんその言葉がユウリの気遣いであるのは明白で、この世にもしアシュレイと二人きりでも生きていける人間がいるとしたら、それは間違いなくユウリであり、そのことは、ミッチェルも今ではしっかり把握していた。

ただ、それをここで主張したところでどちらにも利益はないので、ミッチェルはありがたく気遣いを受け取り、「でもまあ」と告げた。

「やっぱり、いちおう礼を言っておくよ。ありがとう、フォーダム」

「いえ」

照れたように応じて地下倉庫へと向かいかけたユウリは、そこでふと足を止めてミッチェルに尋ねる。

「そういえば、全然話は変わりますが、少し前に、この店に落とし物を探しに来た人がいたとかって……」

「ああ、あれね」

昼休憩の間に手に入れた古い招き猫の置物を袋から取り出していたミッチェルが、その手を止めて語り出す。

「それが、変な客でね。黒縁の丸眼鏡をかけていたことしか思い出せないんだけど、それ以上に、落とし物というのが、楽器というか、そいつ曰く、なんだっけな、ちょっとおかしな言いまわしだったんだけど、ええっと」

そこで少し考え込んでから、「あ、そうそう」とミッチェルが思い出す。

「『鳴りもの《ザインストゥルメント オブ サウンズ》』と言っていた」

「『鳴りもの《ザインストゥルメント オブ サウンズ》』……」

「うん。変な表現だろう？」

「そうですね」

同調したユウリが、心の中で日本語に言い換える。

（『鳴りもの《ザインストゥルメント オブ サウンズ》』って、もしかして『鳴りもの』のことかな）

歌舞伎《かぶき》や芝居などで、さまざまな音を表現する時に使われる道具のことを、日本語で「鳴りもの」というが、一般に、音を表現できるものなら、なんでも「鳴りもの」といっていいだろう。

ミッチェルが尋ねる。

「君も、そんなものを拾った覚えはないだろう？」

「……そうですね」

若干の躊躇《ためら》いを見せつつ、ユウリは答えた。

それに対し、ミッチェルが「だとしたら」と結論づける。

「あれ以来訪ねてこないし、きっと別の場所で見つけたんだろう」

その後、ミッチェルとの会話を切り上げて地下倉庫にやってきたユウリは、梯子《はしご》を使って例の空だった木箱をあけ、中から、前に無理やり突っ込んでしまった石の造形物を取り出した。代わりに、黒こげになった『ジャガーの爪』をポケットから取り出し、箱の中に収める。

「よし。これで、しっくりきた」

箱は、やはりこのために作られたものだった。

もっとも、「ジャガーの爪」に取り憑いていた生贄の血への渇望はすでに祓われているため、もうここに置いておく必要はない。

ミスター・シンが見つけてくれた古い資料によると、この『ジャガーの爪』は、アダムの祖父、つまりは今回亡くなったブランドンの父親である故アーネスト・フィッツロイが隠し扉の奥から発見したらしい。

ただ、それを見つけてからというもの、おのれが生贄の血を求めてさすらうという悪夢を繰り返し見るようになり、それがあまりに生々しくて気が変になりそうであったため、当時知り合ったばかりのミスター・シンに引き取ってもらったのだという。

(引き取りか)

それは「ミスター・シンの店」から「アルカ」に変わっても引き継がれているシステムなのだが、ここに持ち込まれる「いわくつきのモノ」たちは、「引き取り」と「預け」の二つの方法に分けられる。

というのも、「いわくつきのモノ」には、けっこう芸術作品が多く、一族の宝物として手放したがらない人たちもいて、そういう時は継続的に預かり料をもらうことで店での管理保存を可能にし、なにかのきっかけで「いわく」が祓われた暁には、そのものを返却することになっていた。

一方、特に持ち主に愛着や執着がない場合は、向こうの申し出によって引き取ることもあり、そうして引き取ったものは返却の必要がないため、早々に処分してしまうことも可能だった。

つまり、今回、店で引き取ったことが判明した「ジャガーの爪」については、憑き物が落ちた今も、フィッツロイ家に返却する義務はないということである。

そのこともあって、「ジャガーの爪」を巡る一連の騒動について、アシュレイは、特にフィッツロイ家のほうに真実を報告する義務はないと考えているようだった。今さらアダムにすべてを打ち明けたところで混乱が増すだけだし、経緯を突き詰めれば、封印を破られてしまったユウリの過失を問われる可能性もある。だから、話したところで百害あって一利なしと判断したのだ。

オーナーであるアシュレイの決定は絶対なので、ユウリもひとまず従うことにした。

フィッツロイ家にとっては本当に災難であったが、そもそも災難を抱え込んだのはフィッツロイ家の人間であり、ある意味運命であったのだろう。

気の毒だが、仕方ない。

自分を納得させるように箱を棚に戻したユウリは、代わりに行き場を失った石の造形物を見おろした。残った問題はこれだけであったが、ユウリには薄々これが何であるかがわかり始めていた。

（たぶん、これって――）

この店に落とし物を探しに来た男の特徴である黒縁の丸眼鏡は、雨神トラロックを暗示するものであり、さらに同じ名を持つ雷雨の神の使いは、水死体となった人間であるという。

さらに、人工池で亡くなった可能性のあるマイケル・ケアード。

彼に似た人物が、黒縁の丸眼鏡をかけてユウリのまわりをうろついていたことを考えれば、その帰結するところは明白だ。

彼は、トラロックとなり、雷雨の神の落とし物を探している。

そして、ユウリは、降って湧いたように存在していたこの石の造形物を見た瞬間、とっさにガラガラを連想した。

（ガラガラ……）

それは、まさに音の出る「鳴りもの」であり、雷雨の神の持ち物《アトリビュート》としてこれ以上ないというほど、ぴったりくる。

「でも、本当かな……？」

自分の推測に疑いを持ちながら、ユウリはなにげなくその石の造形物を振ってみた。もちろん、ものが石であれば、音などまったくしないはずであったが、ユウリが一振りした次の瞬間――――。

ピカッと。

部屋の中が明るく光り、ついで、ゴロゴロゴロゴロとんでもない音量の重低音で雷が響きわたった。

「うわっ」

びっくりしたユウリがしゃがみ込んで頭を抱える。

本当にびっくりしたのだ。

それからしばらくして、それ以上、なにもないと信じられるようになったところで立ち上がり、改めて言う。

「あー、びっくりした」

それから持っていた石の造形物を見おろし、大きな溜息とともにつぶやく。

「――――こんなもの、そのへんに落とさないでほしい」

それに対し、地下倉庫の入り口のほうから声がかかった。

「おい、ユウリ。今の音は、なんだ？」

現れたのはアシュレイで、おそらく今しがたの轟音《ごうおん》が上まで届いたのだろう。

「あ、えっと」

ユウリが、石の造形物を手にしたまま答える。

「たぶん、雷が……」

「鳴った？」

「はい」

「ここで？」

「そうです」

それから振り回さないようにそっと石の造形物を持ち上げ、報告する。

「どうやら、雷雨の神の落とし物を見つけたみたいで……」

すると、それを見たアシュレイが「なるほど」とつぶやく。

「落とし物は、『雷の石』だったか」

「『雷の石』？」

「ああ」

うなずいたアシュレイが、ユウリの手から石の造形物を取りあげ、しげしげと眺めながら教える。

「あれからさらに調べてみたが、メトロポリタン美術館にあるマヤ時代の円筒形の容器には、雷雨の神が、稲妻を象徴する斧《おの》と『雷の石』と表現されるものを持つ絵が描かれているんだよ。その絵の形はこれとは違うが、他にも、どこで見たかは定かでないが、ガラガラを手にしている姿が描かれたものもあった。——まあ、東洋的な雷神でいうところの太鼓ってところか」

「太鼓ねえ」

なんであれ、落とし物としては危険極まりない。

ユウリに石の造形物を返したアシュレイが、「で？」と問う。

「どうするつもりだ？」

どうやら、その石の造形物の処理について尋ねているらしい。そのことを知らしめるように、アシュレイが重ねて尋ねた。

「あちらが取りに来るのを待つか。こちらから出向いてやるか」

「そうですね」

少し考えてから、ユウリは答える。

「何度も来させるのもなんですから、こちらから返しに行きましょう」

4

その日の午後遅く。

ユウリは、アシュレイの運転する車でふたたびハートフォードシャーへと向かった。その道中、ユウリが訊く。

「そういえば、いろいろあり過ぎてすっかり忘れていましたが、結局『マクレガー家の隠し財産探しツアー』は、どうなったんでしょうね？」

考えてみれば、前回はその目的のためにソーントン・アビーへと向かったのだ。今日はソーントン・アビーにこそ行かないが、道順は一緒であるため、思い出した。

「ああ、あれか」

苦笑交じりに応じ、アシュレイが教える。

「あれは、すでに亡くなっているアーネスト・フィッツロイの作り話だというのがわかったよ」

「作り話？」

繰り返したユウリが、確認する。

「アーネストって、アダム・フィッツロイのおじいさんですよね？」

「そう」

「でも、なんでそんな嘘《うそ》を？」

「端的に言ったら、即興だ」

「即興……？」

拍子抜けしたようにつぶやいたユウリに対し、アシュレイが教える。

「当時、『ジャガーの爪』と一緒にミスター・シンが引き取ったものの中にアーネストの書きかけの日誌もあったそうなんだが──」

「日誌？」

なんでそんなものがあったのかと不思議に思うユウリに、アシュレイが「どうやら」と続けた。

「『ジャガーの爪』をミスター・シンに引き取らせる際、それを見つけるに至った経緯を記した日誌も一緒に引き取らせたようなんだ。だから、日誌の日付も中途半端な状態で終わっているんだが、その中に、『マクレガー家の隠し財産』が誕生した経緯に触れられていたそうだ。それによると、親戚《しんせき》や近所の人を集めて行われたハロウィン・パーティーで、アーネストは『ブラッディ・ウィリー』に関するお定まりの恐怖譚《たん》を披露しようとしたそうなんだが、聞き飽きている息子に邪魔されてしまい、その時にとっさに思いついた話ということらしい」

「ということは、まったくの嘘？」

「いや。そうとも言えないだろう。もともと、『ブラッディ・ウィリー』がなにかを残したということは言われていたようで、『隠し財産』というのは口からの出まかせだったが、実際に屋上にああして儀式を行う場所は存在していたわけで、まったくの嘘ではなかったわけだ」

「まあ、そうか」

「そんな中、アーネストは、そのハロウィン・パーティーで親戚の子供の一人が、『なぜ、本が鎖につながれているのか』という素朴な疑問を口にしたことにヒントを得て、本格的にフィッツロイ家のことや家に伝わる謎《なぞ》について調べ始めたらしい。そうしたら、厳格だと思っていた彼の父親――あの館を購入したデヴィッド・フィッツロイが、実はオカルト好きで、若かりし頃に、あの館で降霊会を開催していたことがわかった」

「降霊会……」

ユウリが、まずそうな口調で繰り返す。あの館での降霊会など、ユウリなら頼まれてもしたくないと思ったのだ。

ユウリの表情をチラッと見たアシュレイが、「まあ」と続ける。

「十九世紀から二十世紀前半にかけては、その手の催しが盛んに行われたからな。上流階級の社交の一つでもあったといえる」

「そうなんですね……」

「ただ、デヴィッドは、その降霊会で探し当てた小さな木箱を、ほどなくしてどこかにしまいこんだあと、オカルト的なことからはいっさい手を引いたようだ」

「そして、厳格な父親になったんですね」

「ああ。――ただ、そのことを知ったアーネストは、父親が隠した木箱を見つけようとあれこれ試し、ついにあの書斎の秘密を知った。それで、隠し扉の向こうにしまいこまれていた『ジャガーの爪』を見つけたわけだが、以来、生贄の血を捧げる悪夢に苦しむようになり、ミスター・シンの出番となったわけだ」

「ふうん」

二人の乗る車は、ちょうどあの人工池の近くまでやってきていて、夕暮れ時の田舎道を運転しながらアシュレイが「話は変わるが」と言った。

「お前、あの時、このへんで幻の四足動物を見たと騒いだな」

「あ、そうでしたね」

思い出したユウリに、アシュレイが「考えてみたら」と告げる。

「マイケル・ケアードの事故現場もこの近くであるわけで、俺たちはこれまで、彼の死は単なる不運な事故とみなしていたが、もしかしたら、ブランドン・フィッツロイと会ったばかりに、彼も『ジャガーの爪』の魔の手から逃れられなくなったのかもしれないな」

「え？」

「というのも、その日、どうやらマイケルは、ブランドンから幽霊ホテルの経営についての同意を得ていて、その契約金を払った帰りだったようなんだ」

「契約金……」

なんとも具体的な話ではあるが、それはそれで、それを巡るさまざまな思惑というのが発生するのだろう。

そのことを、アシュレイが推測する。

「ブランドンや『ジャガーの爪』に取り憑いていたモノにしてみたら、生贄を捧げる場を秘めたあの館を守るために、マイケル・ケアードが手にしている資本金は喉《のど》から手が出るほど欲しかっただろうからな」

「ああ、そうか」

ユウリは納得すると同時に、申し訳ない気持ちでいっぱいになった。

なにせ、アシュレイの言うとおり、マイケル・ケアードも今回の騒動の被害者であるとしたら、それを未然に防げなかった自分にもなにかしらの責任があると思えたからだ。

もっとも、それを言ったら、ユウリだって被害者の一人であり、ユウリと違い、アシュレイなどは彼らの死になんの責任も感じていない様子だ。おそらく彼にしてみれば、運の悪さも、その人間次第なのだろう。

逆に言えば、おのれの運の悪さを他人のせいにはしないということだ。

それからすぐ、彼らはマイケル・ケアードが事故に遭ったあたりで車を停《と》めると、石の造形物を持って池のほとりに向かった。すでに、規制線は取り去られ、車の引きあげられた場所にはいくつもの花束が供えられていた。

宵闇《よいやみ》の忍び込み始めた人工池は静まり返っていて、その上を、晩秋の風が吹き抜ける。

池の縁に立ち、その風にあおられながら深呼吸したユウリが、おもむろに四大精霊を呼び出す。

「火の精霊《サラマンドラ》、水の精霊《ウンディーネ》、風の精霊《シルフィード》、土の精霊《コボルト》。四元の大いなる力をもって、我を守り、願いを聞き入れたまえ」

とたん、四方から漂ってきた輝ける光が、ユウリのまわりで互いに溶け合うようにグルグルとまわり始めた。

その光の輪の中で、ユウリが厳かに請願を口にする。

「水の循環に託し、落とし物を神のもとへ還す。受け取りたまえ。――また、ここで命を落とした者の魂を、同じ循環に乗せて天へと運びたまえ」

それから、手にした石の造形物を人工池に放り投げながら、請願の成就を神に祈る。

「アダ　ギボル　レオラム　アドナイ」

それに応じ、ユウリのもとを離れた四つの光が石の造形物を包み込み、そのまま弧を描くように人工池の上を飛んでいく。

やがて、ポチャンと。

水をはじく音がして石の造形物が池に落ちると、一瞬の間のあと、そこから突然ピカッと稲妻が立ちあがり、まるで植物が天に向かって伸びていくように、光の筋を枝葉のように広げながら雲一つない夕暮れ時の空へとぐんぐん昇っていった。

（うわ、きれい――）

オレンジ色に染まる空に、白い花が咲いていく。

それはなんとも神秘な光景で、さらに、その光の軌跡を追うように、いくつかのオーブが池から飛び出し、暮れなずむ空へとのぼっていった。一つでないところを見ると、マイケル・ケアード以外にも、この人工池で亡くなった人間や動物がいたらしい。

それらが空に消えていく瞬間。

ゴロゴロゴロゴロ――

重く深く、頭上で雷が鳴り響く。

おそらく、雷の石が無事に天界に届いた証《あかし》であろう。

稲妻を追って天を見あげていたユウリが、ホッと息を吐《つ》いていると、背後でそれを眺めていたアシュレイが、最後の最後に皮肉げに言った。

「まさに、『青天《せいてん》の霹靂《へきれき》』だな」

故事成句にも精通しているアシュレイの言葉に、ユウリは思わず笑ってしまう。青空でこそないものの、たしかに空には雲一つなく、言い得て妙なりとは、このことであると思ったからだ。

「……まあ、こんな落とし物は二度としないでほしいですね」

するると、ユウリの苦言が聞こえたのか、空の彼方《かなた》で、余韻のようにゴロゴロゴロとふたたび音がした。

「……遠雷」

ユウリのつぶやきに対し、踵《きびす》を返したアシュレイが「よかったじゃないか」と告げる。

「好きなんだろう？」

「まあ、そうですけど」

アシュレイのあとを追いつつ、ユウリがこっそりつけ足した。

「しばらくは、聞かなくていいかも……」

終章

翌日。

昼に「アルカ」を訪れたシモンと食事に出たユウリは、隣の紳士が読んでいた新聞の見出しを見て「あ」と驚く。

「――――シモン、あれ」

とっさに指さしてしまったユウリの手を上からやんわりと押さえ、シモンは自分のスマートフォンを取り出し画面をスクロールし始める。ほどなくしてその手が止まり、澄んだ水色の瞳《ひとみ》が画面を見つめる。そんなちょっとした仕草ですら、とても優雅で神々しい。

「なるほどね」

懲りずに首を傾けて隣の紳士の新聞記事をなんとか読もうとしているユウリの前に自分のスマートフォンの画面を押しやり、シモンが「どうやら」と告げた。

「ようやくマイケル・ケアードの死体が見つかったようだよ」

「へえ」

応じながら、差し出されたスマートフォンの画面に視線を移したユウリが感慨深げにつぶやく。

「よかった……」

その記事には、昨日の夜遅く、ハートフォードシャーにある人工池のそばで男性の水死体が見つかったと書かれていた。死後数日経《た》っていた男性の遺体の身元は、ロンドン在住のマイケル・ケアードで、彼のものと思われる乗用車が数日前に人工池で見つかっていることから、警察が行方を捜していたと報じられている。

「たしかによかったし、ご親族も、これでようやく気持ちの上で一つ区切りがつけられるだろう」

同調したシモンが、「それにしても」と続けた。

「やっぱり、彼は亡くなっていたんだね」

「うん」

「でも、このタイミングで死体が出てきたということは、もしかして、昨日の午後、君がアシュレイとふたたびハートフォードシャーまで行ってきた甲斐《かい》があったということなのかな？」

「……どうだろう」

漆黒の瞳を翳《かげ》らせて応じたユウリが、「でもまあ」と告げる。

「アシュレイが言うように、彼が雷雨の神の使者になっていたのだとしたら、昨日、その役目を終えた可能性はあるから、関係があるといえばあるのかもしれない」

　ユウリの答えを聞き、自分のスマートフォンを引き寄せたシモンが、それを上着のポケットにしまいながら尋ねる。

「そういえば、まだ訊いていなかったけど、アシュレイがあの時言っていた『神の落とし物』というのは、なんのことだったんだい？」

　それはアシュレイらしいとても謎《なぞ》めいた言葉で、認めるのは悔しいが、シモンはなんだかんだ興味を惹《ひ》かれていたのだ。

　ユウリが答える。

「アシュレイ曰《いわ》く、『雷の石』だよ」

「『雷の石』？」

　繰り返したシモンが、「それはいったい……」と当然の疑問を抱く。

「なに？」

「まあ、簡単に言うと、雷発生装置かな」

「──なんか、危なそうなものだね」

「うん。すごく危険」

　実際、それがどんなに危ないものであるか、身をもって知っているユウリは、重々しくうなずいた。今思えば、雷を発生させるという物理的な作用もさることながら、気象を操作できる夢のアイテムであることを考えたら、そこから得られる利益を巡って本格的な犯罪が起きたとしてもおかしくはなかった。

シモンが、「でも」と疑問を投げかける。

「そんなものを、なんで落としたりしたんだろう？」

「それは説明するのがとても複雑で、どう話したらいいのかよくわからないんだけど」

困惑気味に言い置いたユウリが、「ただ」と伝える。

「僕が理解している範囲で言うと、たぶん、問題は封印にあったんだと思う」

「封印に？」

「そう」

そこでユウリは空を見あげ、雲のないのを確認してから話し出す。

「僕がケガをする原因となった落雷は、雷雨の神が、『ジャガーの爪《つめ》』に取《と》り憑《つ》いていた生贄《いけにえ》の血への渇望を浄化するために落としたものだったのだろうけど、なんとも皮肉なことに、『ジャガーの爪』にかけられていたこちら側の封印とぶつかって相殺されてしまい、逆に『ジャガーの爪』に取り憑いていた生贄の血への渇望を解き放つことになってしまった」

「ああ、それで、もともとの持ち主であるフィッツロイ家の人間——つまりは、入院中のブランドンに取り憑いたのか」

「もしくは」

ユウリが、思っていたことを告げる。

「そもそも、ブランドンが亡くなるタイミングを見計らって、『ジャガーの爪』が動き出したのかもしれない。というのも、落雷の直前、僕は、『ジャガーの爪』が収められた箱の中でカリカリ、カリカリって箱をひっかくような音がしているのを聞いたから」

「なるほど」

納得したシモンが、「まあ、そのほうが」と言う。

「僕たちとしては、多少気が楽だね」

生者が取り憑かれて死んだとなると後味が悪いが、すでに死ぬ運命にあった者が身体を乗っ取られた挙げ句、結局は死んだというのであれば、まだ救いがある。

ユウリがうなずく。

「たしかに、そうかも」

あの時は、少年を守るのに必死で思い至らなかったが、ブランドンだって、間違いなく被害者の一人なのだ。

認めたユウリが、「でね」と続けた。

「これは本当に想像なんだけど、あの時、『ジャガーの爪』に取り憑いていた生贄の血への渇望を取り逃がした雷雨の神は、ちょっと慌てたんだと思う。それで、自分のアイテムである『雷の石』を落としてしまった」

「え、……それはまた」

おっちょこちょいの神もいたものだと言いたかったのだろうが、シモンは途中でその言葉を呑み込んだ。晴天でも、万が一ということがある。下手なことを言って神の怒りに触れ、落雷を受けるのは避けたかったのだろう。

そこで、「つまり」と言う。

「その神の落とした『雷の石』を探しに来たのが、マイケル・ケアードの水死体を乗っ取った……、なんだっけ」

一瞬考えたシモンが、すぐさま思い出す。

「ああ、トラロックか」

「うん」

「それで、君は地下倉庫で無事に『神の落とし物』を見つけ、アシュレイと一緒にマイケル・ケアードが亡くなった人工池まで返しに行った？」

「そのとおり」

認めたユウリが、食後のコーヒーをすすりながら「やっぱり」と言う。

「晴れの日はいいね。ホッとする」

「たしかに」

笑ったシモンが、腕時計を見おろして言う。

「ああ、しまった。そろそろ行かないと、会議に遅れそうだ」

そこで二人は手早く会計をすませると、秋の風が吹くロンドンの街角で別れ、それぞれの職場へと戻っていった。

特別SS《ショートストーリー》
ミッチェル・バーロウの憂える午後

KOTOYOITAN

とある午後。

馴染《なじ》みのカフェで昼食を取っていたミッチェル・バーロウは、コーヒーをすすりながら考え事をしていた。その脳裏に浮かんでいるのは職場の複雑な人間関係だ。少人数ながらなかなか厄介な様相を呈していて、頭が痛い。

（フォーダムねえ……）

それは、ミッチェルが欲しかったものを易々《やすやす》と奪い取っていった憎きライバルの名前であったが、いざ本人を目の前にしてみると、なんとも清々《すがすが》しく穏やかな青年で、そこにはライバルの「ラ」の字も見いだせない。

それがむしろ、ミッチェルの悩みの種になっていて、ユウリが嫌な人間なら、とことんやり込めて鬱憤《うっぷん》を晴らすところを、それができずに悶々《もんもん》としてしまう。

その後、休憩を終えて店に戻ったミッチェルは、地下倉庫で作業するというユウリと交代で店番に入った。そして、地下へと消えていくユウリの背中を横目に見ながら、「それにしても」と溜息《ためいき》交じりに思う。

（本当に、フォーダムは地下倉庫でどんなことをしているのか……）

興味は尽きないが、余計な詮索《せんさく》は身を滅ぼすと知ったばかりなので、なんとか考えないようにする。

と、ユウリが地下倉庫におりてすぐ、この店のオーナーであるアシュレイがやってきた。そして、ミッチェルが挨拶《あいさつ》する間もなく、訊《き》く。

「あいつは？」

もちろん、ここにはいないユウリのことだ。

苦笑したミッチェルが虚《むな》しさを覚えつつ、まずは自分の存在をアピールしてみる。

というのも、ミッチェルは、この傲岸不遜《ごうがんふそん》でクソ生意気なアシュレイという人間に、昔から恋をしているからだ。恋愛というほど生々しい感情ではないが、なにを考えているかわからない、どこか神の視点を持つような超越者であるアシュレイには、ミッチェル以外にも大勢の信奉者が存在するくらいで、人として魅了されてしまうことに、さほど違和感は持っていなかった。

そして、長年の努力の末、彼は並み居るライバルたちを差し置いて、アシュレイにとってかなり身近な存在になり得たと思っていたが、上には上がいるもので、ここにきて、ユウリにその座を奪われてしまった。

アシュレイが気にしているのは、いつもユウリの存在であり、ミッチェルのことなど眼中にないのだ。

（なんか、僕って可哀相《かわいそう》だよな……）

そう思いつつ、ミッチェルは言う。

「アシュレイ、いつも言っているけど、年上に対する敬意というものを、少しは示す気にならないのかい？」

「……敬意？」

足を止めたアシュレイが、鼻で笑って言い返す。

「言っておくが、先に生まれたというだけで偉いことになるなら、俺たちはあちこちで『戦争』という名のもとに残虐行為に走っている世の暴君たちにも『敬意』とやらを払わなければならないわけだが、あんたにその気はあるのか？」

あっさりやり込められ、ミッチェルは肩をすくめて「わかったよ」と言い、最初の質問に答える。

「フォーダムなら、地下倉庫だよ。探したいものがあるそうで」

「ああ、まあ、まだ後片付けが残っているだろうからな」

その言葉に引っかかりを覚えたミッチェルが、「そういえば」と訊く。

「フォーダムって、まだ本調子ではないんだろうに、一人で後片付けなんかさせて、大丈夫なのか？」

ちょっと前に地下倉庫でケガをしたユウリの身を案じ、ミッチェルはさらに言う。

「暗くてよくわからなかったとはいえ、棚が倒れているのは見たし、本来なら業者に入ってもらって直すようなものなんじゃ……」

だが、最後まで言う前に底光りする青灰色の瞳《ひとみ》がチラッと冷たく向けられ、アシュレイに淡々と言われた。

「あんたも、懲《こ》りない性格をしているな。そういうところは、あのナマケモノと本当によく似ている」

「ナマケモノ」というのはユウリのことで、毎度のことながら、そのユウリにかかわるなと言いたいのだろう。

もちろん、目の上のたんこぶであるユウリがどうなろうと関係なく、むしろミッチェルだって放っておきたいところであるはずなのに、最近は、なぜかこうしてすぐにユウリのことを庇《かば》いたくなってしまう。

一つには、ユウリが本当に心優しく良い人間だからだろう。

ミッチェルが、珍しく嫌みで言い返した。

「悪かったね。――でも、きっと懲りない性格だからこそ、二人とも、君のような厄介な人間とも付き合っていられるんだろう」

それに対し、アシュレイが眉《まゆ》をひそめてなにか言おうとした、その時だ――。

ゴロゴロゴロ、と。

地下から大地を揺るがすような音がした。

それは、物が倒れたというよりは、むしろ雷が落ちた時の轟《とどろ》きに似ていて、驚いたミッチェルがとっさに言う。

「――え、また落雷?」

ただ、店内から通りに面した窓のほうに視線をやっても、そこには秋の陽光が降り注ぐ穏やかな午後があるだけで、とても雷が落ちるような天気とは思えない。

不思議に思っていると、スッと動いたアシュレイがそのまま奥の黒い扉を開けて禁断の領域へとおりていった。

その先に、なにが待っているのか。

知りたくても知ることは叶《かな》わない。

それからしばらくして、アシュレイとユウリは地下から戻ると、連れ立って店を出ていった。

その際、先ほどの奇妙な音に対する説明は一切なく、ミッチェルはもやもやしたものを抱えたまま友人に電話をかけ、寝起きのような声をあげた相手に、一言告げる。

「今夜、飲みに付き合え」

そうして「ふあ?」と訊き返した相手の返事も待たずに切ってしまう。

自分が何に対して一番、苛立《いらだ》つのか。

ユウリの存在か。

アシュレイのつれなさか。

それとも——。

そんな人間関係の悩みを抱えつつ、ミッチェルは新たに訪れた客に対応するため、極上の笑顔に切り替えて動きだした。

あとがき

十月に入った今も、日中は下手をしたら半袖でも過ごせるような暖かさが続いていますが、皆様はいかがお過ごしでしょうか？

こんにちは、篠原美季《しのはらみき》です。

今回、雷をテーマに物語を書かせていただきましたが、執筆直後に「雷といえば」というような不思議体験をしました。

高齢の母が膝《ひざ》の手術で入院し、当初は二週間ほどで済むはずだったのが、色々あって長引き、一時は「介護」なんて言葉も頭を過《よぎ》りました。

リハビリに励む母に対し、私にできることといえばお見舞いくらいで、とにかく明るさを届けようとしましたが、その頃、私自身が八方ふさがりの状態で気持ちが沈むことも多く、それを病室に持ち込まないため、途中にあった神社に必ず立ち寄るようにしていたんです。でもって、境内でよく泣いていました。その分、母の前では笑顔でいられるようにお願いしながら……。

神様にしてみれば、突然来るようになったかと思ったら、めそめそ泣いてばかりいる変な参拝者だったと思います。ただ、やはり当時は心が疲弊しきっていたというか、心情的に、全身傷だらけになっても、手にした灯火《ともしび》だけは放さないぞという、なかなか壮絶な決意を秘めて過ごしていたと思います。な〜んて、世界を見渡せば、私の辛《つら》さなんてお花畑で昼寝しているくらい楽なものだというのはわかっていますが、程度というのは人それぞれだから（笑）。

結局、二ヵ月半後、母自身の努力の甲斐《かい》あって退院し、事なきを得たのですが、お見舞いの最終日、私を支えてくれたその神社に最後の御礼にあがろうと病院を出た直後のことです。

空で雷が鳴り始め、急に雨が降りだしました。

そんなこと、二ヵ月半の間で初めてだったし、雷は「神鳴り」ですからね。

「あれ、もしかして呼ばれている……？」

思いながら歩きだし、雷雨がひどくなる中、神社の急な石段をなんとか上って御礼を済ませました。すると、神社を出る頃にはあれほどひどかった雨もまばらになり、駅に着いたら雷も遠ざかっていました。まさに、私が神社にあがる間だけの現象で、まるですべてを洗い流してくれるかのような雷雨でした。

その神社の名称がなんと、「雷《いかずち》神社」というんです。

すごくないですか？

私としては、やはり「お呼ばれ」した感が満載だったし、そんなこともあって、雷をテーマにした今回の話がより好きになりました♪

以下、参考図書です。ここに記すことで御礼の代わりとさせていただきます。お世話になりました。

・『マヤ・アステカの神話』アイリーン・ニコルソン著　松田幸雄訳　青土社
・『ビジュアル図解　マヤ・アステカ文化事典』アントニオ・アイミ著　井上幸孝日本語版監修　モドリュー克枝訳　柊風舎
・『世界神話伝説大事典』篠田知和基・丸山顯德編　勉誠出版

最後になりましたが、今回も麗しいイラストを描いてくださった蓮川愛《はすかわあい》先生、並びにこの本を手に取って読んでくださったすべての方に多大なる感謝を捧げます。

では、次回作でお目にかかれることを祈って——。

金木犀《きんもくせい》の香る午後に　　篠原美季　拝

※本書は書き下ろしです。
※この物語はフィクションです。
実在するいかなる個人、団体、場所等とも一切関係ありません。

篠原美季 しのはら みき

横浜市在住。「英国妖異譚」で講談社ホワイトハート大賞〈優秀賞〉を受賞しデビュー。大人気シリーズになる。主人公たちの成長にともない、パブリックスクールを卒業したあとは「欧州妖異譚」シリーズへと続いた。その他、講談社X文庫ホワイトハートでは、「セント・ラファエロ妖異譚」「あおやぎ亭」「サン・ピエールの宝石迷宮」シリーズがある。ほかに「ヴァチカン図書館の裏蔵書」シリーズ（新潮文庫nex)、「琥珀のRiddle」「倫敦花幻譚」シリーズ（ともに新書館）など著作多数。

古都妖異譚《ことようい たん》 雷神《らいじん》の落《お》とし物《もの》 ～サンダー ドロップ～

2023年11月13日　第1刷発行

著者　篠原美季《しのはらみ き》
発行者　髙橋明男
発行所　株式会社講談社　〒112-8001 東京都文京区音羽 2-12-21
☎ 03-5395-3506 (出版)
☎ 03-5395-5817 (販売)
☎ 03-5395-3615 (業務)

本文データ制作　講談社デジタル製作
印刷所　株式会社KPSプロダクツ
カバー印刷所　千代田オフセット株式会社
製本所　株式会社若林製本工場

KODANSHA

ISBN978-4-06-533096-8
N.D.C.913 287p 19cm